JN139780

なぜ祈りの力で病気が消えるのか？

いま明かされる想いのかがく

花咲てるみ

明窓出版

はじめに

なぜ病気になる人とならない人がいるのでしょうか。
健康志向の強い人が、健康であるとは限らないのはなぜでしょうか？

わたしたちの体は食物でできていますが、それだけでは健康は保てません。
「心」にも栄養が必要です。
心に栄養をもたらすのは、あなたの「意識」です。
意識により心が健康になり、病気を防ぐことができます。
つまり、ほとんどの病気はあなたがつくったものです。

では、「心の健康」とはどういうことでしょうか。
わたしたち人間についてより深く知ることで心が軽くなり、さまざまな謎が解けていきます。そして、わたしたちの「意識」の変化により、心と体は本来の健康を取り戻し始めます。

「心」の解明のためには、この世やあの世が存在する意味にまでさかのぼります。

宇宙のしくみを知ることや、見えない世界の「ナゾ解き」をすることが、これまでの思い込みや常識のワクをはずし、素直に「心を知る」ことにつながります。

いつからでも、これからの人生を好転させることができるはずです。

これは、ただ何かを信じるといったことではなく、「気づき」により心が納得し、それぞれの深いところから元気になっていくことです。

気づきにより、心も体もあなたが望むように変化していきます。


「祈り」とは「想い」です。

いま、欧米医療でも「祈りの研究」が進み、古来より人間が続けてきた祈りが科学として認められています。祈りを受けた患者は、薬の使用率が低くてすみ、回復も早かったというデータもあります。

医療と祈り、そして科学と祈りの研究により、「想い」の重要性はさらに高まります。

あなたがつくってしまった病は、あなた自身が想いを向け、祈ることで、消し去ることもできると思いませんか。

この本があなたの心に栄養をもたらし、「あなた本来の人生」を送ることにつながればいいなあと思います。

目次

はじめに……3

一章　心と体を知る

ここを選んで生まれてきた……13
生まれ変わる度にそれぞれの心がある……14
病気や困難があるわけ……17
体を知る……19
霊的な心を元気にする……20
あなたの魂は永遠に生き続ける……24
わたしたちも霊……26
迷子にならないで……29
霊も肉体がないだけで、わたしたちと同じ……33
インスピレーション……36
あなたの想いが未来のはじまり……37

霊界でも類は友を呼ぶ …… 41
あなたを守ってくれる守護霊 …… 42
知るだけで勇気が湧く宇宙の法則 …… 45
幸せ脳が波動を上げる …… 46
あなたの感情が未来を変える …… 48
子供のように今を楽しむ …… 50

二章　病気とは何か

あなたが病気を作っていた …… 56
こうして病気が作られる …… 59
プラスの感情で満たすとマイナスの感情は入って来ることができない …… 62
みんな違うから自分を知ることができる …… 65
肯定的な想いは幸せの波動 …… 67
治らないことには訳がある …… 69

想いが体の中で薬になる化学物質をつくり出す …… 76
カルマが原因の病気もある …… 77
解消できないものはない …… 79
愛とは …… 81
守護霊からの愛のエネルギー …… 83
プラス思考だと早く治る …… 85
「誰かのため」と思うと引き寄せの力は強まる …… 87
細胞を元気にする考え方 …… 88
知った人からこれまでの人生で一番元気になっていい …… 90

三章 宇宙

あちらの世界から見たこちらの世界 …… 93
思い込みの世界 …… 96
予定通りの寿命 …… 97

あちらの世界に誕生する……99
宇宙と時間……100
必要があるから生まれてきた……102
わたしたちは皆、霊であり神です……103
参拝する心に必要なもの……104
わたしの神社参り……106
よい呼吸……108
素晴らしい呼吸の効果……110
オーラを癒してあなたを守る……112
おばけ……114
天使のお迎え……115
「愛」が人の心を変える……118
どんなものにも命がある……120
あなたの感情があなたを攻撃し、あなたを守る……123
プラスの波動はあなたを守り社会に貢献する……125

四章　すべての答えはあなたの中にある

瞑想と心のエネルギー …… 129
立ち向かう気力を持つには …… 132
マイナスのことばをやめて元気になる …… 133
今幸せになる修行中 …… 134
本当の幸せを求めるなら …… 137
今が一番成長したあなた …… 138
心のリラックス …… 139
障害を持つ子供 …… 141
輝く細胞たち …… 142
あなたを決めつけない …… 143
スピリチュアルヒーリングを通して知った治療法 …… 146
治療は法則に基づいている …… 148
ヒーリング能力とは誰もがもつ「癒やしの力」 …… 149

病気をつくったあなたには治す能力もある……152
病気で心が一つになった……153

五章　認知症を知る

認知症になった理由……156
認知症になっても魂の記憶は消えない……159
望まないことは引き寄せない……159
悔いのない人生を送る……161
認知症になった人たち……164
死にたくない理由……168
環境や食べ物がわたしたちを守る……169
これからのわたしたちにできること……170
ハワイのお葬式……171
認知症が教えてくれた大切なこと……174

六章　祈り

テレパシーで相手に伝える　176
治療の前にすでに治っていた　182
心が病を作り出す　184
繰り返される出来事にも訳がある　188
自分に試された心　189
霊的な心　191
感動の涙　192
ワンネスみんなで一つ　193
悪霊などいない　196
笑顔のあるところには笑顔の人が、
愛のあるところには愛のある人が集まる　198
おわりに　200

一章　心と体を知る

ここを選んで生まれてきた

わたしたちは、これまでに何度も生まれ変わりを繰り返しています。このことは、生まれ変わりを記憶している多くの人たちによってすでに明らかになっています。

「母親を選んで生まれてきた」という記憶を持つ子供たちは、あちらの世界での様子や、胎内での記憶などを話し、それが事実であることが知られてきました。小さいうちはまだこちらの世界に来て間もないので、記憶がはっきりしているのです。ただ、話してくれるかどうかには個人差があります。

わたしの周りにも、「お母さんを空の上から探してやっと見つけた」という子供がいます。

親がわたしたちを勝手に産んだのではなく、わたしたちが選んでここに生まれてきたのです。

もちろん、過去生から縁のある人のいるこの家族にと、ピンポイントで選んでやってくる子もいれば、この時代のこの国へという大きな観点で選んで誕生する子もいます。いずれにしても、お互いが承諾してやってくるのです。

あなたが決めた「生きる目的」を遂げる最高の環境を選んでやって来ています。

生まれ変わる度にそれぞれの心がある

生まれる時には、体である「肉体」を持って生まれます。

心は、この体専用の心で、すでに何度も再生してきたわたしたちは、生まれ変わりの数だけ心と体を持っていました。前世には前世の心と体、そして、来世には来世の心と体を持ちます。そしてこの心は、一生分だけの記憶を持ってあちらに帰り、しばらくすると魂と一つになります。

それまでの過去生での記憶は、もう一つの心である魂に蓄積されていきます。

わたしたちの本質である魂は、一生分ずつ成長し永遠に生き続けます。

こうしてわたしたちは、何度も記憶を消して新しい心を持って生まれて来ますが、あなたの中にある魂は、前世までのすべての記憶を持っています。

ですからわたしたちは、「この世での心」と、「魂の心」という、「二つの心」を併せ持っていることになります。この二つの心は混ざり合って存在しているので、どちらの心を使って考えているのかは複雑でわかりません。

今世は前世の続きです。個性や嗜好などをみると、前世からのつながりでそうなっていることも多いようです。

小さい頃からプロ並みの絵を描く子供は、前世で画家だったかもしれませんし、誰にも教えてもらわなくてもピアノを弾いて、素晴らしい演奏ができるのは前世ですでに音楽家だったのかもしれません。

もし今世で水の事故に遭ったとしたら、これから先、水に入ることが怖くなるでしょう。水が怖いという気持ちを今世で解消しなければ、その思いは来世まで続くかもしれません。また、あなたが今、何かを始め、そのことが面白くて仕方がないとしたら、来世でもその続きをしたくなるかもしれません。

このように、個性や嗜好は、生まれ変わっても、心に刻まれた感情を解消しない限りいつまでも続くことがあります。生まれて間もない子供がすでに個性を持ち、好みもはっきりしていることがあるのは前世の続きのようです。

わたしたちは魂の記憶を引き継ぎながら、生まれ変わる度に、性別、国籍、職業や人生のテーマを変えてきます。役者がさまざまな役柄を演じるように、一つの魂もたくさんの異なった人生を体験します。そう思うと、次にどんな人で何をするか楽しみになりますね。

病気や困難があるわけ

わたしたちは、心や精神の成長を目的として生まれて来ました。

病気や困難に遭遇することは、あなたに伝えるメッセージがあり、立ち止まる時間を与えてくれているということです。

あなたの心と体を「本来の健康な働き」に戻すためには、改めるべきことがあるということを教えてくれています。

あなたが皆と関わり合って生きるには、「この世での心」と魂が調和し、柔軟に周りと協調しながら、愛情を持って生きる必要があるので、そのことを伝えるために、あなたの前に病気や困難を引き起こしています。

あなたが生まれてきた目的を忘れずに、本来の心で生きることで、心と体は本来の健康な働きをすることができます。

わたしたちは、食物だけで生きているのではありません。

世の中は楽しいことであふれ、欲しいものは何でも手に入ります。いつの間にかわたしたちは、「物質の豊かさが幸せ」とか「長生きすることが幸せ」と思っているようです。

平穏に人並みに暮らした人が、歳をとって「こんな人生でよかったのだろうか」と思い返すことや、順風満帆に見える人生が何かの拍子で崩れた時、「なんのために生まれてきたのか」と考えることがあります。

人生の選択で悩み、壁に当たっては、「これでいいのだろうか」と考えることもあります。

苦難や病気、そしてさまざまな出来事は、あなたが「不幸」だから、「不運」だから起きているのではありません。それどころか、本来の自分を見直す上では、立ち止まることは大切なことです。何もなければ、そのまま間違った道を突き進んでいってしまうこともあるからです。

わたしたちはこの人生を送るための心のありかたをよく知らないために、思い悩みながら人生を送ってきました。生きる目的を忘れ、道からそれてしまうと、そのことに気づかせようと立ち止まることになります。

立ち止まるのは、それぞれの心の中にある魂からのメッセージを受け取り、心が気づくためです。スピリチュアルな存在であるわたしたちに人生の道案内となり、わたしたちの疑問に答え、生き方を示してくれます。

この世やあの世が存在する意味や、わたしたちが生きる意味は、霊的世界を知らなければ解明されることはないでしょう。

体を知る

わたしたちの体は、神秘的で謎に満ちています。

体は、約六十兆個の細胞からなり、その一つひとつに約三十二億個の遺伝子情報が書かれています。小さな一つひとつの細胞の核にもすべての遺伝子情報があります。

これらの細胞は、数年で体全体のほとんどが入れ替わります。入れ替わりに一番時間のかかる骨でさえ、七年ほどですっかり新しい細胞に入れ替わると言います。**あなたの体のどの器官も休みなく働き、自分自身で本来の体を維持し、さらによくなろうと再生し続けています。**これらの細胞の一つひとつに今のあなたの意識が反映し、心が元気になると、細胞も確実に元気なものに変わっていきます。

わたしたちには、心と魂という「二つの心」そして肉体と霊体という「二つの体」があります。霊体は肉体より一回り大きく、目には見えませんが肉体と同じ形をしていて、内臓やあらゆる器官も備え、体を覆っています。

霊体は、この世でもあの世でも存在する体です。わたしたちが肉体を手放し、あの世に行ったら、霊体だけで生き続けることになります。

何らかの理由で、医者にも治せなかった病気が治ることがあります。**体を治すのは実はわたしたち自身だからです。どんなに優れた医療でも治せないことがあるのは、法則があるためです。**

これまで知らなかった宇宙の法則に目を向けることや、「本来のあなた」を知ることで、病気だけではなく、さまざまな苦労を回避できることがあります。そしてもっと楽に生きられるようになります。わたしたちはまだ、この「心」をうまく操縦できていないために思い悩んでいるようです。

霊的な心を元気にする

体は年をとっても、人の心は老いることはありません。

いつまでも若々しくいるためには、霊的な心である魂が活発に働く必要があります。

「肉体の心」とは今世限りのもので、主に自我の心である欲望や物質的なものと関わります。

本質の心である「魂」とは「過去生から続いている霊的な心」のことで、潜在意識とつながります。霊性、愛、寛大さなどに関わってきます。

物質界に生きているわたしたちは、どうしても物質的なものに興味を持ち、わたしたちが本当は「霊的存在」であることを忘れてしまいます。そのバランスをとるために「魂」が活発に「肉体の心」に働きかけています。

わたしたちは、五感で感じることに慣れて、第六感や、直感や、潜在意識によって感じることをあまりしなくなってしまったようです。

潜在意識とつながることは必要なことに素早く気づいたり、病気や困難を回避したり、想像したことを引き寄せたりもします。それは無意識のうちに宇宙とつながっていることで、わたしたちの中で普段眠っている偉大なる叡智にアクセスすることでもあります。

肉体の心は、顕在意識ともいわれ、頭で考え、損得や価値判断などを計算することを得意とします。これに対して、霊的な心は愛や優しさの心です。

この**二つの心があなたの中でうまく調和しないために病気や困難が生じていました。**

「物質的な心」と「霊的な心」、両方のバランスを取ることで、わたしたちの体は健全に保たれます。

どんなに心の修行を積み身体を鍛え抜いても、魂の部分が活発でなければ健全ではありません。

魂を元気にすることで全体のバランスが取れ、以前のように意欲的に、前向きに生きることができるようになります。

霊的部分が元気になり、体全体のエネルギーが満たされれば、すぐに治るはずの病は長期化することなくすぐに治るはずです。

霊的な心が活発なら、わたしたちの体に備わっている素晴らしい免疫機能や、自然治癒力などが大いに力を発揮し、以前のように元気になります。老化が原因ではないからです。

人は、幸せを感じている時に体が作り出す化学物質により、心と体をよみがえらせることができます。これは、心に働きかけ、愛のある考え方をすることで、心を正常に保ち体の機能を戻す働きです。

「笑う」ことは鬱積したエネルギーを上手に流して心と体を回復させる効果があります。

他にも、「ワクワクする」ことで気持ちが高揚してエネルギーにあふれ、エネルギーの質も明るいものになります。こうして、自己機能によって身体を調整し順調に機能させるこ

体もだいじ
心もだいじ
病気は霊と肉体の関係のアンバランスによるものです。
片よらない
バランスです

とができます。

あなたの魂は永遠に生き続ける

わたしたちは、肉体と霊体という二つの体で、物質界であるこの世に生きています。**魂とはわたしたちの本質で、肉体は生まれてから死ぬまでのこの世にいる間だけのものです。誕生と共に肉体に魂が宿り、宿った魂は死と同時に肉体を離れて霊的存在として永遠に生き続けます。**

「すでに亡くなった、愛する人たちはどこへ行ってしまったのか」「自分は死んだらどこへ行くのだろうか」と死への恐怖を抱える人はたくさんいます。

そうかと思うと、人生のすべての悲しみから逃れようと自ら命を絶とうとする人がいます。

どちらの場合も、死によって、自分の存在がどうなるのか理解していないのです。

わたしたちの本質は魂ですから、無になることはありません。

この世は実は、短い夢のような時間であり、あちらが光の世界なら、こちらは影の世界。霊界が本当の世界で、こちらは仮の世界とも言われています。長く思えるこの人生も、永遠の魂の尺度でみると、わずかにすぎません。
死ぬことは怖いことではありません。わたしたちは、すでに何度となく再生を繰り返し、
今はその記憶を持っていないだけです。

あちらの世界には、この世でのつながりよりももっと強いつながりのある仲間たちがいて、還りを待っています。

わたしたちも霊

ここ数年、見えないものからメッセージを受け取る人が増えてきました。見えないものを感じ、声を聞きに聖地に行く人たちもたくさんいます。神様や天使が見える人もいます。わたしの周りにも、オーラが見える人がいます。オーラにはレントゲン写真のように、体の悪いところが写り、その人の重要な過去世からのデータが現われているそうです。オーラを見る人が増えると、人は、嘘をつくことができなくなります。すぐに見つかってしまいますから、皆が正直になるかもしれません。

大切にしていたペットが、いつも近くにいてくれるように感じると言う人がいます。ある時は夢の中に現れ、出掛ける時は見守られている感じがすると言うのです。根拠はなくてもこのような感覚を持つことはよくあることです。優しかった祖父母がいつも見守って、応援してくれる気がするとか、人生の岐路に立った時亡くなった大切な人が導いてくれた気がしたという経験をすることもあります。

それはわたしたちに、第六感という直観力が備わっているからです。

わたしたちの体は、目には見えないもう一つの体である霊体に覆われていて、なんとなく体調がよくないという時は霊体が弱っています。

霊体は時には変形し、肉体を圧迫することがあります。そして鬱積したエネルギーは体本来の働きを鈍らせます。

具合が悪いのに病院で診てもらうとどこも悪くないと言われることや、病院に行って治

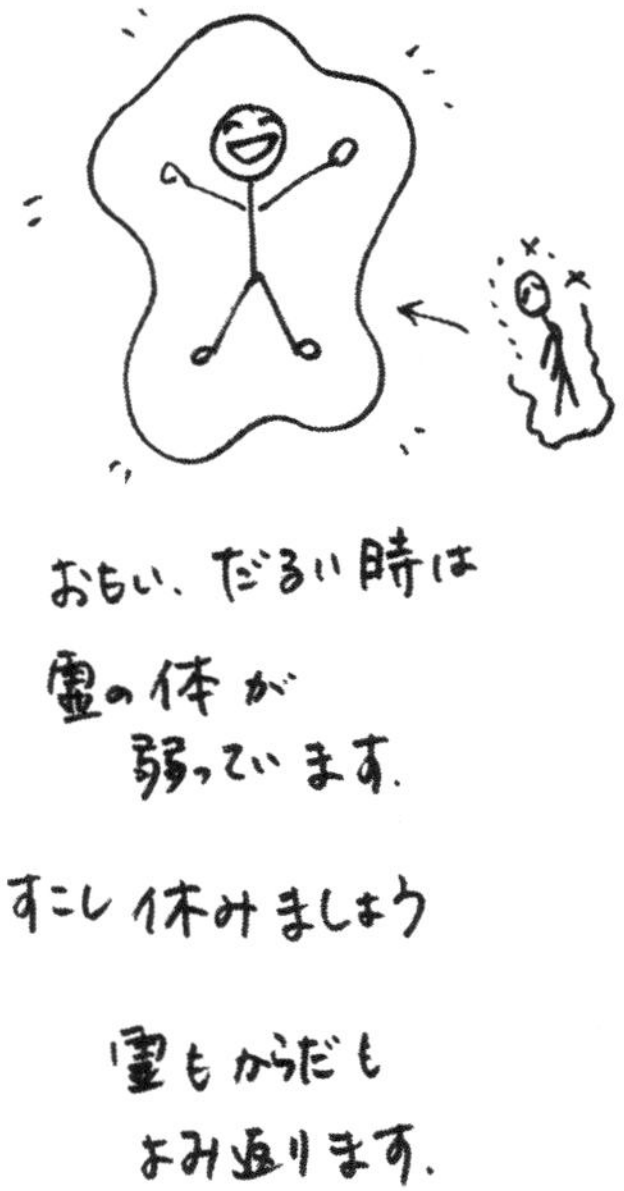
おもい、だるい時は
霊の体が
弱っています.
すこし休みましょう
霊もからだも
よみ返ります.

療をしても治らないことがあるのは、この霊体の治療ができていないことが理由という場合もあります。

幻肢痛と言われる、指や腕や足などを失った人が、その失った部分が痛むとか、かゆいと感じることがあるのは失った部分の霊体が感じているからです。

亡くなった先祖も、あちらの世界ではもう一つの体である霊体で生活をしています。一般に「死後しばらくはこの世にいる」と言われますが、それは、この世とあの世の間にある世界にいるという意味です。その後、魂は「霊界」へと向かいます。この霊界の中もさらに無数の階層に分かれていて、それぞれの霊格に合った階層へ行くことになります。よく言われる天国と地獄はこの霊界の階層を指していることが多いようです。

臨死体験をした人は、死後の世界は、ことばで表せないほど美しかったと言うことがありますが、その人の霊性が引き寄せる世界が映し出されていることでもあります。

魂はその後霊界へ進み、「類魂」である魂の仲間と融合します。

その後、この世での経験が足りなかったところを振り返り、もう一度経験するために、この世に再生してきます。

妖精や天使や神々も、見えない体を持っています。それは光の体でもあります。

長くあちらにいると、霊体も必要なくなり光に戻ります。わたしたちの霊的な心と同じように潜在意識とつながる心を持ち、神々もまた霊的真理に向かって浄化向上し続けています。

わたしたちもこの世での命が終わったら、肉体はこちらに残し、霊体になってあちらに戻ります。霊体はこの世からは見えませんが、あちらの世界の人たちにはよく見えます。この体は光であり、あちらではこの光を見ることでさまざまなデータが読み取れるようです。

わたしたちは物質界にいるので、何事も目に見えるもので判断しますが、あちらの世界では、姿形や身に着けているものではなく、それぞれの光によってどんな魂を持っている人なのかを知ることができます。

迷子にならないで

あちらの世界に戻ると「よく帰ってきたね」と縁のある霊たちが出迎えてくれます。

この世を去った日はあちらでの誕生日でもあります。この世や過去生で一緒だった人たちもいます。

この世で築いた関係よりも深い絆を持つ仲間たちもいて再会を楽しみます。しばらく過ごすと今世での心は消え、霊の心で生きるようになります。心はすでに、今回の人生での学びにより成長し、次にはこの成長した心で地上に生まれて来ます。

肉体は、この世限りのもので、本来そこに霊や魂が残るものではありません。ただ、亡くなって数日間は、霊はその近くにいて自分の亡骸を見に来ることもあります。お通夜などがあるのは、亡くなったばかりの霊を安心させるためでもあります。亡くなったばかりの霊にとっては、亡骸は愛着のある自分の体であり心はまだこの世にいた時のままです。

でも、亡くなった人にとっては自分と同じ姿の霊体があるので、霊体を肉体と勘違いしてしまい、自分はここにいるのに自分の肉体がもう一つあるのはどういうことなのかと考えます。そして周りの人たちの会話などから、自分の死を確認するわけです。

この時に解剖などをし始めると、霊は「わたしは生きてここにいるのに、なぜわたしの体を傷つけるのか」とパニックになるそうです。この場合も、解剖するに至った事情を霊に向けて語りかけることで、霊は理解し、恨みを残して幽霊になることもなく、霊界に還ることができます。

人間同士でも気持ちを伝えることは大切ですが、霊になっても同じです。姿は見えていなくても、わたしたちが送った感情は届きます。

霊に話しかけるには、わたしたちが普段しているように、(感情を込めた) ことばを送るか、ことばを発しなくても感情を送ることで届きます。

霊的世界を信じないまま死んだ魂や、死後も自らの死を受け入れられない魂があります。この世に執着を強く残す魂は、この世とあの世の間をいつまでもさまよい続けることがあります。「未浄化霊」です。町中には、そのような霊たちが無数に存在すると言います。それは夜に限らず、遊園地のような楽しいところやデパートの売り場にも、駅のホームや交通事故現場にも、わたしたちが行く場所ならどこにでもいます。まだ死んだことに気づかない霊や、事故現場などの自分が死んだ場所で死を嘆く未浄化霊もいるようです。「地縛霊」と呼ばれる霊は死を受け入れられず、この世への執着や悲しみを手放せずにいます。また、死に気づいても土地や家への執着のため、誰にも渡すまいとたたずんでいることもあるようです。

ですから、亡くなったお母さんに「お母さんずっとお墓にいてください」とか「仏壇にいてください」と伝えると、**霊も死んだらそこが家なのだと思い、離れられないということになりかねません。**

なぜこのようなことがあるかと言うと、わたしたちがそうあってほしい、そうあるべきだと思い信じているからです。

霊は、本来、光の世界であるあの世に還り、こちらでやり残した学びの続きをしますが、あの世とこの世の間である、本来居てはいけない場所に霊体として残ることで無駄に時間を過ごしてしまうことになるのです。

ある場所に思いを残してしまうと、そこが間違った居場所であると気が付くまで何百年、何千年でもいることがあります。すでにこの世を去った本人に時間の感覚はありません。

霊の体になると五感がありませんから、目もほとんど見えない状態になります。

失うことへの恐れや、固定観念は現世にいる間に乗り越えなければならない課題です。残してしまった思いが、浄化を遅らせることもあるのです。

霊も肉体がないだけで、わたしたちと同じ

ある家でおばあさんが亡くなり、その家に引っ越してきた子供を自分の孫だと思い込んで、その家から離れないで住み着いていたことがあります。自分の死に気づいていなかったからです。このおばあさんの霊は亡くなってからも、自分の家族や孫と住んでいると信じていました。

死んでしまって肉体がなくなると、すべての感覚が鈍り勝手な思い込みでその世界に残ってしまうこともあります。そんな霊を幽霊と呼び、わたしたちは怖がっているのです。

自分が死んだことに気づいていない自殺霊の場合は、霊体というもう一つの体があるために、自分は自殺しきれずにまだ生きているのだと思い込むことがあります。そして、今度こそ死のう、と何度でも自殺を繰り返すことがあると言います。そのような辛い思いを何度も繰り返すことは苦しいはずです。

また、死にたいと考えている人を見つけると、一緒に死のうとする霊もいるようです。

このように**霊界を正しく知らないために、自分の死に気づかない霊もいるのです。**霊も体がないだけで生きていた時と変わりません。亡くなった途端急に聖人になり、不思議な力が使えるようになるのではありません。こちらにいた人格のまま肉体を失っただけです。**わたしたちは、あちらには霊的世界があり、還るべきところに進まなければ未浄化霊になってしまうことを知る必要があります。そして、死んだら光に向かって進むことです。そうすればあの世に還ることができます。**

霊体になった体では、五感で何かを感じたくても、肉体がないので、見る、聞く、嗅ぐ、触る、味わうといったことができません。知りたいことはすべて感覚として知ることになります。

時には、暴れたり怖がらせたりする霊もいると言います。わたしたちには霊が見えませんから、知らないうちに霊が住処にしているところを取り壊したり、霊の嫌がることをしてしまい、霊を怒らせることもあるかもしれません。霊だから怖いと思わずに、わたしたちと同じように話せばわかる存在ですから真実を語りかけ、ここに留まっていてはいけないことを知らせ、あの世に還るところがあることを伝えることで、光の世界に導くことができます。

こうした霊は、この世に残した思いが強すぎるか、死んだことに気づかないでいるだけで、気の毒な存在でもあります。

日本の幽霊は、人が怖がるのを面白がってもっと怖がらせようとすることもあるようです。また、わたしたちが信じている幽霊像を、面白がって演じていることもあるようです。霊はすでに肉体を失い、五感が薄れていますから、目もほとんど見えなくなり、耳も聞こえません。ただ、遊んでくれているから一緒に遊ぼうと思っているのかもしれません。こちらが怖がらなければ、あちらも面白くないので、それ以上付きまとうことはないようです。

いずれにしても、そのような霊はまだ幼い魂です。人を怖がらせ迷惑をかけることは無知からくることです。

光の世界に還ってからも必要があれば、こちらの世界を見に来ることができますから、安心してあちらの世界に還っていいのです。亡くなる時には必ずお迎えが来ますから、光の世界に向かって進むことです。道に迷うことはありません。

あの世は一つです。言語はありません。あなたが想ったことはことばにしなくてもすでに伝わっています。

インスピレーション

芸術家や音楽家は「無になった時必要なことが降りてくる」と言います。素晴らしい曲を発表して、何も考えずに書き上げましたとか、勝手に手が進みました、という人もいます。

作家や科学者もそうです。さまざまな分野で活躍する人たちが宇宙とつながることで、

インスピレーションやメッセージを受けて仕事をしていることも多いのです。そして、それは特別な人たちだけに限られたことではなく、わたしたちも知らないうちにそのような能力を使って生活しているのです。

そのメッセージを送っているのはこの世でそれらを学んだ霊たちで、あの世に行ってからもさらに研究を続け、こちらで頑張っている人を見て、応援しようとエネルギーを降ろしてくれています。すでに亡くなった大切な人があなたを見守ってくれているのと同じことです。

もし、あなたがどこかの未開発の国に言ったとします。あなたは、生きていく上でのノウハウを知っていて、それを伝えることにより、たくさんの人が救われるとしたら、きっとそれを惜しみなく伝え助けたいと思うでしょう。あちらの世界にもわれわれを助けたいと思う霊がいて手伝ってくれているとも言えます。

あなたの想いが未来のはじまり

この人生の操縦をしているのは、あなた自身であり、「どう生きたいのか」があなたの人生を左右します。まず想いがあり、想像したことは形になっていきます。できるだけリアルに想像することが大切です。

あなたの心が自分にも他人にも否定的な考えを持つことをやめ、何事にも肯定的に対処すると肯定的な結果がついてきます。

「このままでいい」とか、「変われないからこのままでしかいられない」と思うことは、このままでいるという現状維持を望み、選んだことになります。

本当に変わりたいなら「進め」と「戻れ」のボタンを同時に押すことをやめ、素直な自分をイメージすることで結果につながります。

このスイッチを押すのはあなた以外の誰でもなく、この人生を操縦しながら生きるのもあなた自身なのです。

自分を変え、本来の自分を生きたいなら自分でスイッチを押すことです。押した人はすでに変わり始めています。そしてすぐにあなたの引き寄せるものが変わり始めます。

スイッチを押すとは、そうしたいと願い、心をその方向に進めることです。**何事もまず想いから始まります。**

わたしたちは「〜しなければならない」をたくさん与えられ、自分の考えよりそちらを優先してきました。でも、社会に合うものや誰かの希望に合うものが必ずしもあなたに合うものではありません。どれを選ぶかはあなたが決めることです。

どう生きれば周りにも自分にもよいのかを考え、それを実践しながら生きることです。なにより、わたしたちは自分の持っている能力を活かし、愛情を知るということが目的で、何度も再生を繰り返しているのです。

誰かに言われて、すんなり理解できるようなことなら苦しむこともありません。それができないから苦悩するのです。でも以前なら、「一生をかけてやっと知る」といったようなことが、今はたくさんの情報を瞬時に受け取ることができ、移動手段も発達していますから、もっと早いサイクルで気づくことができるのです。また、地球の波動も以前よりずっと上がっています。

時代の流れによって、人の意識も成長し続けます。周りを見ても、これまでより愛や感謝、ということばがたくさん出てきています。多くの子供たちは、人の役に立つ仕事をしたいと将来の夢を語ります。

自分のことよりも人のためを想い、戦うことよりも平和を大切に思う人が増えています。

子供たちは、世界が今大きく変わることを知って生まれてきています。

古い考え方に慣れてしまい、「仕方がない」とか「自分さえ生活できて生きていられればいい」という考え方もあるかもしれません。それは自分の力の及ばないことだからと、あきらめていることでもあります。

あなたが持つ観念は自分のものではなく、親や社会から受け継いだものかもしれません。自分に合わないものの思考パターンを変えることで今の現実も変わります。今の自分は過去生からの意識を持ちその続きを生きています。だから今意識が変われば新しい自分になります。

今の子供たちは新しい考え方をすでに霊界で学び、世界を変えられることを知って生ま

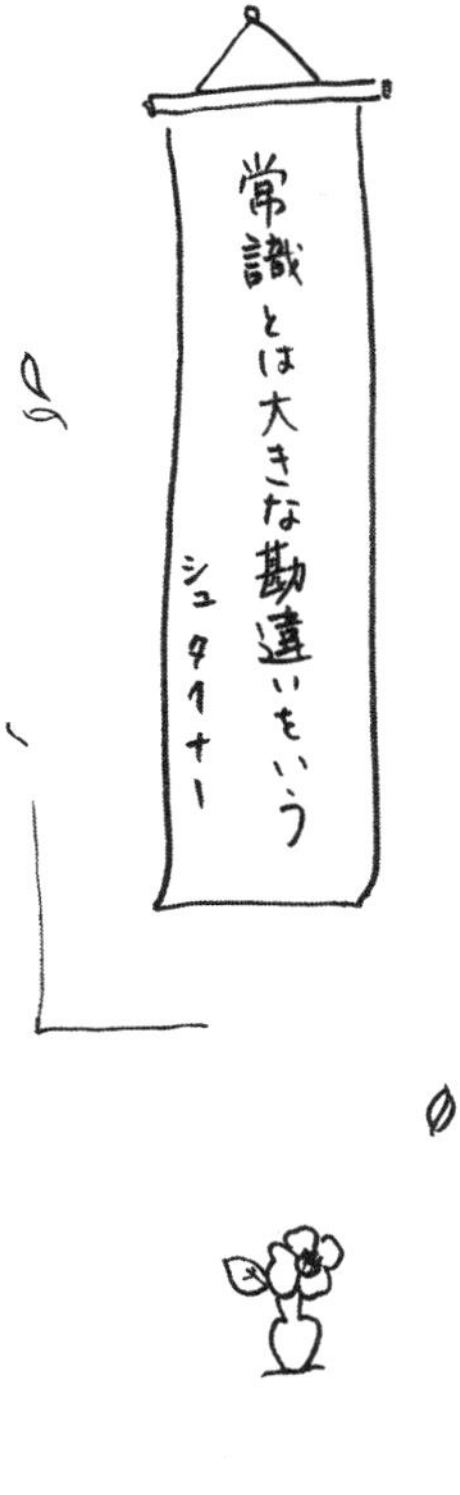

れてています。これまでできなかったことを、力を合わせてしようとしているのかもしれません。

わたしたちも過去にとらわれることなく、今、変わっていっていいのです。

霊界でも類は友を呼ぶ

あなたの周りを見ると、あなたと同じくらいの霊性の人たちがいます。

あなたが不平不満を持って生活していると、あなたの周りにもそのような重いエネルギーが高まり、現実の人間関係の中で問題を生じさせます。

あなたがいつも笑顔でいると、あなたの周りにも明るく高いエネルギーの人や出来事を呼びます。

「類は友を呼ぶ」というように、あなたの波長が同じような波長を引き寄せるからです。霊も同じです。あなたが誰かを傷つけたいと思うと、そのような霊が集まりあなたと共に行動することがあります。人のためになることをしたいと思うと、高級霊や天使たちが集まり応援してくれます。あなたの本音が見えないものも引き寄せます。

あなたを守ってくれる守護霊

あなたは、何があれば幸せを感じますか。仕事、結婚相手、子供、家、お金、健康、美しい容姿、地位、名誉、それらがあると幸せでしょうか。それはなぜでしょうか。

それらは「現世的な視点」から見たもので、死を迎えてしまえば消えてしまうものばかりです。

たとえば、現世的な視点から見て手にしたいものすべてを手にしたとしても、霊的に成長するかどうかはわかりません。**せっかく目的を持って生まれてきたのに、霊的成長がなければこの一生は無駄だったことになります。**あなたの本来の目的が達成されなければ魂は幸せではありません。

ですから、それらのものはすべて魂の成長のための道具として存在し、その中の**何かがあってもなくても、あなたの目的が達成されることが魂としての最重要課題なのです。**何をどれだけ持っていても、あなたの価値を決めるのは成長した心だけです。

わたしたちは、ある程度の人生設計を立ててこの世に生まれてきます。もちろん記憶を消して生まれて来ますから、何をするかは自分で模索するしかありません。もしも記憶があったら、予定したことしかしなくなるからです。それでは学びにはなりません。

そんな設計図があることを、ほとんどの人は気づかずに生きています。**設計図にないことばかりをしていると軌道からずれてしまい、さらに取り返しのつかないことになる前に「愛のエネルギー」が注がれます。**それには、あなたの最も身近な存在である「守護霊」が関わり軌道修正をするように促します。この軌道修正により起きる出来事を不幸と呼ぶこともありますが、病気、事故、ケガなど、思いもよらぬことや自分で

深めた愛
うまくいっても
いかなくても
あちらの世界で
価値があるのは
深めた愛だけ.

はどうしようもないことであったりします。

わたしたちは亡くなると、あちらの世界に還る時に何をこの世で学んだのか、人生のすべてを振り返ります。大まかに予定してきた人生が計画通りにいったのか、使命を果たすことができたのかなどを自分で検証します。

守護霊とは、生まれる以前からあなたを守護し、見守っている最も身近な神様です。あなたを可能な限り守り、援助しながら死ぬまで導いてくれます。

「わたしは運が悪いので、守護霊がいないと思います」という人にもついています。

そして、あなたの死後も温かく見守ってくれていて、何があっても見捨てたり、離れていくことはありません。

ただ、守護霊は、あなたにとってただ都合のいいことを教え、わがままを叶えてくれる存在ではありません。霊的視点からあなたを見ているため、あなたのためになることなら、あなたが苦難の中にいても、安易に助けず、あなたが自力で這い上がることを見守っています。

知るだけで勇気が湧く宇宙の法則

偶然に起きていることはないこと
あなたがすべてのことを引き寄せていること
目の前に起きることは自分の鏡であること
愛を贈れば愛が返って来ること
今世は大きな流れの中にある魂のほんの一部であること
死は終わりではないこと
心が未来を決めていること
人は皆つながり、万類は皆つながっていること

偶然に感じる出来事も、今日一日の行動も、わたしたちは心の方向によって次に来る未来を選択しています。

原因と結果があるように、何かをしたら、必ず何かが返ってきます。いつかはわからなくても、宇宙の法則でそう決まっています。今ある現状は、自分の鏡のようなもので、あなたに気づいてもらうために、鏡のように必要な事柄を見せてくれています。

考え方や思い方は、習慣的に特定の方向に向かってしまうことが多いかもしれませんが、それを変えるのもあなたです。

この人生は、魂の成長という大きな流れの中の一部です。あなたを操縦しているのはあなた自身で、あなたの想いが今のあなたをつくっています。来世もあなたがつくり続けます。誰のせいでもありません。すべてはあなたが引き寄せたことです。

われわれの社会には、ルールがあります。そして、それ以前に真心という自分自身が持っている基準もあります。我慢の人生を送るのではなく、問題を解決しながらよりよい人生に変えていけるはずです。

幸せ脳が波動を上げる

日々の生活の中には、必ずよいことや素晴らしい体験があります。それらに出会った時、しっかりと意識することで、脳はポジティブな体験をうまく受け入れます。

人の脳は、ポジティブよりもネガティブに焦点をあてやすいため、ネガティブな体験から神経細胞が作られやすい傾向にあります。

ネガティブは、否定的、悲観的なことで、マイナスの感情を伴い、ポジティブは、肯定的、楽観的なことで、プラスの感情を伴います。**今あるすべてに感謝すると、霊的に向上します。感謝するという感情は、あらゆる心の垢を洗い流し、本来のあなたに近づけるからです。**

いいことがあっても「あたりまえ」と思い感謝できずにいると、やがて「あの時が幸せだった」と気づかされます。

人は一人では生きていくことはできません。これまで関わってくれた人たちは、あなたの人生の目的を達成する手伝いをしてくれた人ばかりです。嫌いな人や、あなたに邪魔をした人もそうです。皆がさまざまな役回りをしながら、あなたの成長に関わってくれています。

あなたが感謝の心を持つ人ならば、あなたは他の誰にも感謝される存在になります。人は皆、鏡だからです。感謝され、ありがたがられ、認められる存在になります。あなたが送った感情があなたを変えていきます。

わたしたちは、皆同じように生まれ同じように生きているのに、**なぜ人生の結果が違うのでしょう。それは考え方や想い方が異なるからです。そして、過去生を含めたこれまでの生き方や想い方が異なるからです。**

あなたの感情が未来を変える

たとえ、あなたは想っているだけで、誰にも話さず、行動に移さなくても、あなたが抱く「感情」や「想い」によって未来は必要な方向に引き寄せられ始めます。

偶然はありません。

今のあなたはあなたが選択した結果であり、これからもあなたが未来を選択し続けます。もしあなたが誰かに言われた通りにし、あなたの考えを曲げたとしても、それはあなたが選択したことになります。

人は皆、霊的真理を心に持って生まれてきます。その真理をいつでも思い出して、今の生活に活用することができます。それを妨げているのが「〜しなければならない」や「先入観」や「固定観念」です。本当の自分はどうしたいのか、それが愛につながる考え方なのかを自問自答することでわかることがあります。

「ワクワク」した感情を持つことはあなたの波動を上げ、偶然を起こしたり、物事がスムーズに流れたり、自分のやることがどんどん進み始めます。わたしたちは、自然体の自分や、本来の自分を表現している時、最大限の力が発揮されます。

我慢をして、無理にそう仕向けるのではなく、本来のあなたになり、波動を上げて過ごすことです。

悪いのは自分ではないと、周りのせいにしたり、正義とすり替えたりすることがありますが、周りの人や出来事もあなたに気づかせるためにしていることばかりです。

今気づかずに、やりすごしても、また同じような状況がやってきて、次はさらに大きな問題になって、あなたに気づかせようとします。

たとえ何かがうまくいかなくても、あなたはいつでもそれを改善することができ、焦らず行動することでよい結果を生みます。

どんな問題も、わたしたちを不幸にするためにあるのではなく、さらに向上させるため、幸せにするために起きているのです。


わたしたちは、栄養が極端に偏ると身体によくないことを知っています。寒さに震えていると、風邪をひきます。これらは自己管理することによって、ある程度は改善してストレスを取り除くことができます。

それと同じように、**気持ちの面でも、不機嫌で否定的な考え方ばかりをしていると、老化を早めるか、あなたの望まない未来を引き寄せることになります。また、不安や恐怖を**

抱えていてもいけません。エネルギーの流れを止めてしまいます。不機嫌で怒っていると思わぬケガをすることもあります。

自分の感情は自分でコントロールすることができます。

人の心は変わります。これまで、つらい、悲しい、不幸だと言って重いエネルギーに覆われていた人が、数年後に、別人のように輝いていることがありました。

人はいつでも変われて、望んだように進んでいく。「あきらめているのはいつも自分自身である」ということを教えられます。

子供のように今を楽しむ

子供たちはいつでも「今」を生きています。自分たちで楽しみを探し作り出します。遠い未来や過去に生きるのではなく今を楽しみ今に生きています。

「今」を生きるとは、今に焦点を合わせてこの瞬間に全勢力を傾け、心の向くまま自分を表現することです。だからいつでもはつらつとしているのです。大人のように、過去の栄光や思い出に浸っていては、前へは進みませんし、思い出話に浸ると心もそちらに飛んでいってしまい「今」に百パーセント生きることができません。

子供たちは、そのことを伝え、大人の硬く凝り固まった視点を戻すという目的も持っています。明日は今日の続きです。今を充実させることで、よりよい未来を手にします。

心は老いることはありません。子供のように今を楽しんで生きることです。

もしも今、悩みを持っているならば、すでにマイナスの地点にいることになり、楽しむというプラスの気持ちになるには距離があります。まず、気持ちを中間地点まで上げていく必要があります。それには、これ以上マイナスに傾かないように改善する必要があります。

笑顔でいることは、波動を引き上げます。たとえ体調が悪くても、試しに今日一日、常に笑顔で、誰の悪口も言わず、何もとがめることなく、嘘でも、幸せだ、幸せだと言って、気楽を装って過ごします。好きなことにしか目を向けず、気持ちを上げていきます。

心の姿勢を意識的に変えることで、心の中にある否定的感情を追い出します。そのことで、生理状態を正常化させ、自律神経に余計な仕事をやめさせるのです。

「よく頑張った、すべてはうまくいっている、これからもっとよくなる、なんの心配もいらない」と、始めは心の底からでなくてもいいですから、楽観的にあなた自身に声をかけます。するとあなたの身体が軽くなり、元気になっていることに気づくはずです。簡単ですが、効果的な方法です。

次に、「幸せな自分」をイメージしてみます。好きなものに囲まれ、楽しみ喜んでいるあなたの姿です。この時、できるだけ細かく正確に小さな動きまで頭に浮かべます。リアルにイメージしている時の脳を調べると、現実にその行動をしている時と同じ脳活動が見られます。このように、脳の中で現実のリハーサルを繰り返しながら、そこに浮かぶ具体的な行動をすることで、幸せに傾いていきます。

悩みが出てきたら、すぐに笑って幸せなイメージの続きをします。

悩めば悩むほど、そのよくない想像は現実化してしまうからです。

ワクワクすることはそれだけで波動を高め、あなたの周りに強力なバリアを張ります。ワクワクしている時は、人の言うことに振り回され、思い悩むような心のぶれを遠ざけます。逆に、愚痴や嫉妬のような低波動の感情が顔を出すと、あなたの気分に悪影響を与え始めます。

わたしたちはいつでも意識的に心の向きを操縦できますから、見るテレビや出会う人や出掛ける先を、ワクワクする方に選択することができます。

心配とは、まだ起きていないことを悪い方に考えることです。よい方に考えるならそれは、ワクワクに属するもので心配ではありません。また、現状を知るだけなら、まだ心配には至っていません。

心配事や不安があるなら、「もっと悪いことが起きるかもしれない」と思う代わりに、「悪いことが起きなくてよかった」と思うことです。

「悪いことが起きるかもしれない」という思いは想像にすぎません。よくない未来を想像することはその想いを現実に近づけ、引き寄せることにつながりますから、考えない方

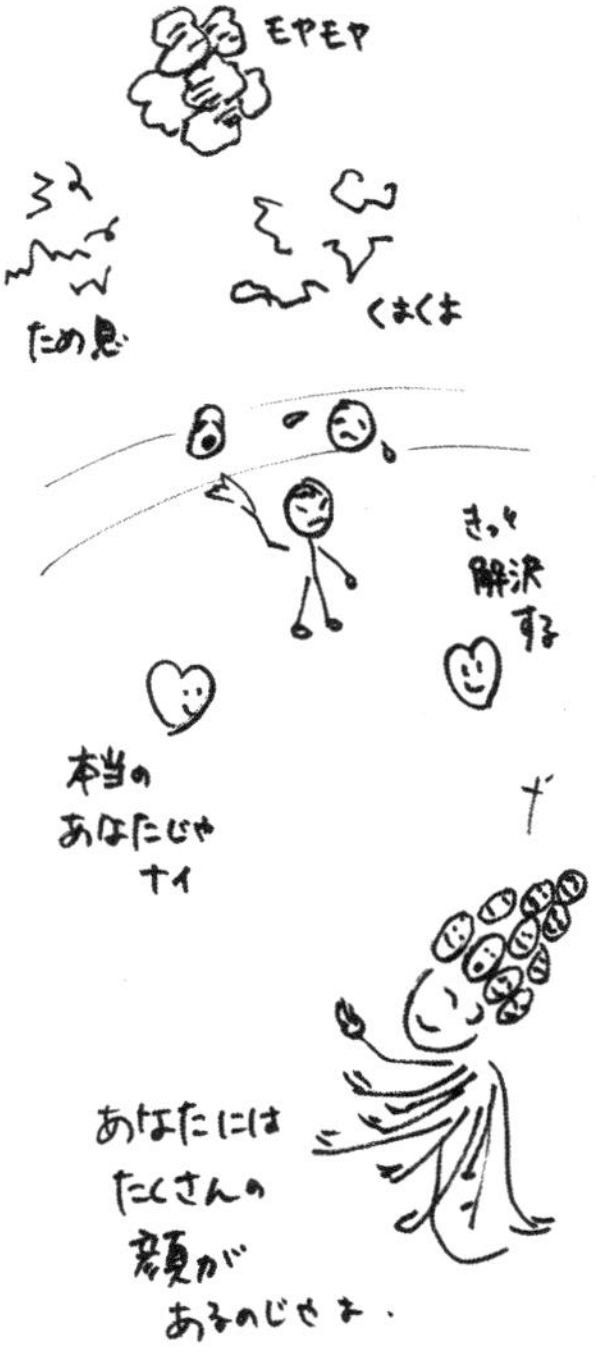

がよいのです。

逆に、**今のあなたが、あなたの願う幸せには届いていなくても、「世の中にはもっと苦労している人がいる。わたしは幸せだ」と思うのです。これは我慢することではなくて、視点を変えただけのことで真実です。ですから「幸せだ」と思うことで、もっと幸せなことが集まります。**

事故にあっても、自分は運が悪いと思う代わりに、これくらいで済んでよかったと思うことと同じです。

いつも使っていることばや考え方を変えることで、心や脳はリラックスして、身体の機能を戻し始めます。

また、ことばには力がありますから「きっとよくなる」と思っているとその通りのことがやってきます。さらに付け加えるなら、「きっとよくなる」と言う自分は、まだよくなっていない自分のことですから、いつまで経っても満足できていない「きっとよくなる」と言っている自分がいるということです。ですから「どんどんよくなっている」と思う方が強力です。「今日より明日の方がもっとよくなっている」と思い、ことばにすることで、その通りの自分を引き寄せるのです。

このことが習慣になり、たとえ悪いことがあっても「幸せだ、これくらいでよかった」と言えるようになったら、あなたはもう本当に幸せな心を持ち、次々と幸せにつながる出来事を引き寄せています。

二章　病気とは何か

あなたが病気を作っていた

目的を持ち生まれてきたのに、人生の途中でそのことを忘れてしまい、あなた自身や他の人の人生にまで悪影響を与え始めると、それではいけないことを知らせるために、あなたが設定したアラームが鳴り気づかせようとします。**病気や困難は、あなたに気づきを与えるための信号とも言えます。生まれる前から自動的にセットされているものです。**

わたしたちが生きている目的は「愛」を知ることでもありますから、肉体の心が、愛と離れていく時にアラーム信号のように警告を発することで教えてくれています。この警告に耳をかして「想い」を見直すことができたら、本来の心と体に戻り始めます。

わたしたちの魂は、常に浄化向上を目指しています。そのためにあちらの世界とこちらの世界を行き来しているのです。

わたしたちにある二つの心は異なった性質をもちます。肉体の心は、欲望や、物質的なことと関わり、霊の心である魂は、優しさや愛、思いやりなどを優先し、潜在意識とつながっています。二つの心は、どちらかが大きくなるともう一方が小さくなりながら全体の大きさを保ちます。

わたしたちは、潜在意識を通じて霊的真理を知り、本来の自分を知ります。それは生きる意欲を持ち、生涯を元気に生きることにつながります。

そうはいっても、どのような生涯を送るかはあなたの自由で、好きな道を選ぶことができます。どのような職業についても、どこに暮らしていても、最後には目指すところへたどり着くはずです。

わたしたちは、生まれてくる前に人生の大まかな計画を立てて来ましたが、それ以外のことはあなた次第です。

わたしたちは、すでに何度もこの世での人生を送り、まだ足りなかった部分を補うためにこうして生まれてきます。

前世も来世も、ある流れの中で、一人ひとりが個々に生きているようで、皆つながっています。だからこそ、わたしたちが考えることや行動することのすべてが、人類の進化や、世界の平和にも関わっているのです。

純粋に本来の自分になろうとすることで、これらの流れを知ることがあります。

「なんとなくそう感じる」ということは、すでに潜在意識で知っているために感じることです。

霊的真理は昔も今も変わらずに、時代を超え国境を越えて、それぞれの心の中に例外なく備わっているものです。遥か昔から、人類の心の中から消えることはありません。キリストや釈迦やたくさんの賢人がわれわれを救うために送り出されたのも、この真理を伝えるためだったと言います。

こうして病気が作られる

人はついカッとしたり、何かにドキッとしたりすることがあります。すると心臓が早打ちし、のどが渇き、汗が出て血液中にはアドレナリンが流れこみ、血圧が上がり頭に血がのぼります。すると身体はその影響から生じる出血に備えて、血液の凝固力を増します。

人はこの一瞬の出来事で、危険を感じたり恐怖を感じたりします。

心が身体に影響を与えたことで、実際には自分はただじっと座っていても、体が勝手に汗をかき、ぐったりと疲れたのです。

これらはすべて、心がそうさせたことです。

人体は休みなくさまざまな物質と分泌物を作り出し、それを各機関にバランスよく送ることで健康を保っています。場合によっては分泌物の量を多くしたり、製造を中止したりと、調節を繰り返します。

でも、**いつも怒っていたり、おびえていたりすることで、出す必要のない信号を体が受け取り、この調節機能が酷使されることになり、病気の原因になっているのです。**

誰かの心ない一言に一喜一憂することは、常に心が揺さぶられ、あなたがあなた自身の体を痛めることにもつながります。

心を平常に保ち、肯定的な考えを持つことで、自律神経を安定させ、病気を避けることができます。

もし悩みがあるなら、誰かに話し分かち合うことで、憂鬱や否定的な考えから解放されます。

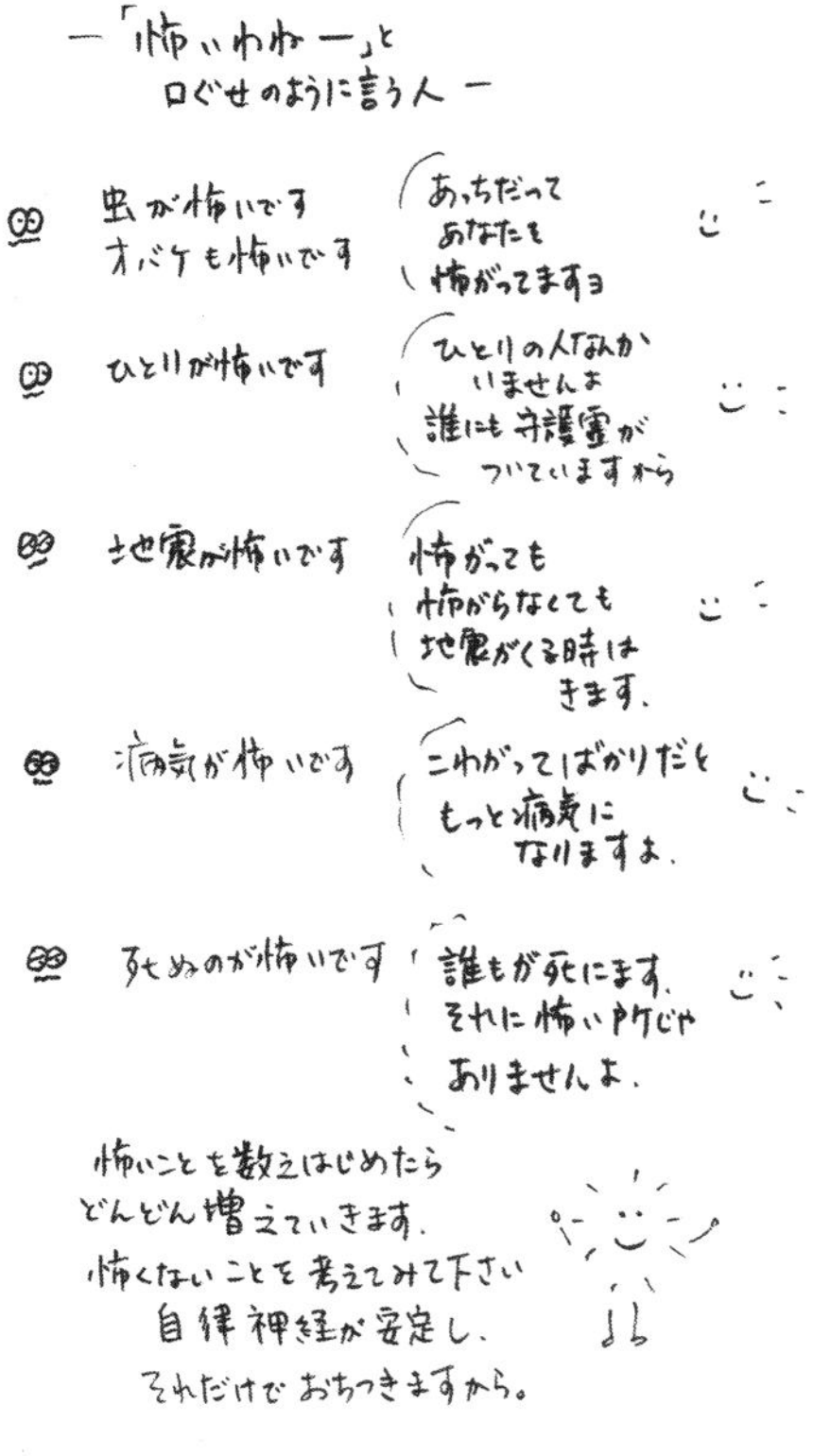

—「怖いわねー」と
口ぐせのように言う人 —
虫が怖いです
オバケも怖いです
あっちだって
あなたも
怖がってますヨ
ひとりが怖いです
ひとりの人なんか
いませんよ
誰にも守護霊が
ついていますから
地震が怖いです
怖がっても
怖がらなくても
地震がくる時は
きます。
病気が怖いです
こわがってばかりだと
もっと病気に
なりますよ。
死ぬのが怖いです
誰もが死にます。
それに怖い所じゃ
ありませんよ。
怖いことを数えはじめたら
どんどん増えていきます。
怖くないことを考えてみて下さい
自律神経が安定し、
それだけでおちつきますから。

人が自殺する理由は、人間関係の希薄さです。経済成長では幸せになれないことは、脳科学でも証明されています。人が価値観を感じる時とは、仲間との関係性を築き合っている状態の時です。

ストレスの原因は、自分でわかっていることがほとんどです。でも、どうしても現状を変えられない場合もあります。その場合は何か他のことで楽しみを見つけ、生きる意欲を増すことで、しばらくの間は精神的に解放されます。肯定的な考え方を選ぶことで改善することができるのです。

Bさんの夫は、いつも「自分が正しい」と考えている亭主関白です。Bさんは、毎日夫におびえながら過ごしています。これまでも不都合なことは見つからぬよう、隠したり、嘘をついたりすることで自分を守りながら生きていました。

そのため、心の中で夫を責め、また、嘘をつく自分を責めることが習慣になっていました。穏やかな性格から、問題を表面化しないように気を配り、いつも我慢していました。そのことで、心臓病を患ってしまったのです。

習慣的になっていた否定的な思いや行動が、病気の原因になっていることがあります。

心が受け付けないことを考えていると、体のエネルギーの流れが悪くなり、本来の働きができなくなります。

Bさんは世間体を気にして、「この方法しかない、わたしが我慢すればいい」と思っていました。

責める心も、我慢する心も、肯定的な心からは離れていきます。その逆に「楽しい、うれしい、ワクワクする」といった**肯定的な感情は自律神経を安定させます**。

相手の欠点ばかりに目をやらずに、よいところを見つけ、褒めることで相手も変わります。愛情を示すことです。感情は互いに引き合い、相手の心の方向を察知して、どのようにでも変わることができます。

お互いがよい方向に向かうように、そして相手を成長させるためにも、愛情をもって接することです。

プラスの感情で満たすとマイナスの感情は入って来ることができない

マイナスの感情には、自我、欲、嫉妬、怒り、恨み、悲しみ、嘆き、不安、恐怖などがあります。これらの**マイナスの感情は**、自然と湧いてくるものと考える人がいますが、これらのどの感情も、**度が過ぎると体の機能に悪影響を与えてしまいます。**

わたしたちの脳には、よいことよりも、悪いことの方が記憶として残りやすい傾向がありますから、そのことを知り意識的に心から追い出すことです。

でも、**あなたが幸せを感じている時や、成功している時には、このようなマイナスの感情はあまり大きくならないか感じないことが多いはずです。それは、心が幸せで満たされているとマイナスの感情が入ってくる隙間がないからです。**

また、ポジティブな体験をした時にそれをしっかりと認識することで脳を鍛え、頭の中を支配するネガティブな考えを払拭することができます。

人の心は、何かを追い出さないと次が入ってこないものです。心が何かで一杯になっていると、他のものが入ってくる余地がありません。

マイナスの感情に気づいたら、すぐにそれらを遠ざけることで、あなたがダメージを受けないようにすることができるのです。

たとえば寝る前、マイナスの感情が大きくなり、なかなか眠れない時は、好きなことや好きな人を思い浮かべます。好きな花や音楽、好きな場所、どんなものでもよいですから、心がいい気持ちになることを考えます。すると心は瞬時に活性化し、血液や細胞にまで元気な波動が届けられます。そのことで、身体は寝ている間に調整が進み、元気になっていきます。

恋をしている人は、輝いています。そして、目に映るすべてが美しく感じられるとも言われます。

恋をしていると、嫌なことやダメなことなどはまるで目に入らずに、「楽しい、うれしい、ワクワクする」ということを優先するからです。嫌なことは受け流し、嫌な人も許し、すべての否定的なことに、あまりこだわらなくなります。

焦点を合わせているのは「恋」という、うっとりした感情であり、それ以外のことは小さくかすんで見えるからです。

たとえ誰かに恋をしていなくても、**好きなことに一所懸命になりワクワク感を持っていたら、人はいつまでも若々しくいられます。人生のさまざまなことに興味を持ち楽しんでいる人が、いつまでも若々しく見えるのもそのためです。**

誰かに恋をすることや、何かに恋をするようにワクワクしながら楽しむことで、神経系統は正常に働き、体の弱点を治し始めます。その結果、若さを維持できるのです。

みんな違うから自分を知ることができる

一度読み終えた本を読み返してみると、新たな感動を得ることがあります。初めて読んだ時からは時間が経ち、成長した自分になっているので理解力も変わり、その頃とは違う感覚を持つかもしれません。

人生においても同じようなことが言えます。一度行った場所にしばらくして再び訪れた時や、すでに知っていることをしばらくして、もう一度経験した時、前とは違う感覚を持つことがあります。

このようにわたしたちは何度でも感動でき、年齢や一緒にいる人が違えばまた違った感動を持つため、人生は退屈するものではありません。

楽しめない、感動できない人は、心を閉ざしているか、もう知っているからと、それらを遠ざけているのかもしれません。

何事にも興味を持ち、行動することで人生は大きく拡がります。

あちらの世界では、同じような考え方をする霊性の近い霊たちばかりが集まって生活をしますから、あなたの周りにはあなたのような霊がいて、何事にも同じように感じるので、ある意味過ごしやすく、この世にいる時のような驚きや変化はないと言います。

でも、**この世では、さまざまな霊性の人たちがさまざまな考えを持っているために、あなたの想像を超えるような人がいて、見ていても飽きるということがありません。それぞれが違うからこそ、自分とはどのような存在なのかを知ることができるのです。**

こちらの世界では、あちらの世界にいるよりも何倍も学びがあると言います。

あちらの世界で生きることは、すでに五感がないために鈍い感覚でしかありませんが、こちらの世界では、実際に五感を使って体験することができます。

あちらの世界からこちらの世界にやって来ることは、まるでコンピューターゲームをしていた人が、今度はゲームの主人公になって実際に遊んでいるようなものかもしれません。

この世では、痛い、苦しい、興奮する、快感、そんなことを実感できるのですから。

わたしたちは「死ぬほど楽しい」しか知らないとそれが楽しいのかどうかもわからなくなります。「楽しくない」や「死ぬほど苦しい」を知ることで、「死ぬほど楽しい」という感情がさらに強く感じられます。

わたしたちは、「比較」をすることでさまざまなことを感じ知ることができます。

わたしたちは、記憶を消してこの世に生まれて来ます。もしもすでに何もかも知っているなら、何をしても感動が薄く何かをしたいとも思わないかもしれません。でも、初めての経験はいつも新鮮です。

その**新鮮な感動を味わうために、わたしたちは記憶を消し、何事にも一から挑むことができるように設定して生まれています。**

肯定的な想いは幸せの波動

物事には、一長一短があります。嫌なことを考え始めると、さらに嫌なことは膨らんで大きくなり、他にも嫌なことが出てきて嫌なことは増え続けます。

それをいい意味にもとらえることができるはずです。「自分がその中からどんな肯定的なものを引き出せるのか」という視点でいれば、実際に肯定的なものを引き出すことができます。

もし、誰かが否定的な意図であなたに何かをしても、あなたがそこから**肯定的なものしか受け取らないと決めていれば、肯定的なものしか受け取りません。あなたの波動でない体験をすることはできないからです。**

嫌なことの中にも、よいこともあるはずです。できるだけそこに焦点を合わせて、よくないことと引き合わないようにすることが大切です。

また、よいことに焦点をあてているとよいことが増えていきます。

嫌なことを考えている時はとても低い波動であり、同じように、低い波動のものを引き寄せますが、**よいことを考えている時は高い波動で、あなたを高めたり、よい情報を引き寄せます。**

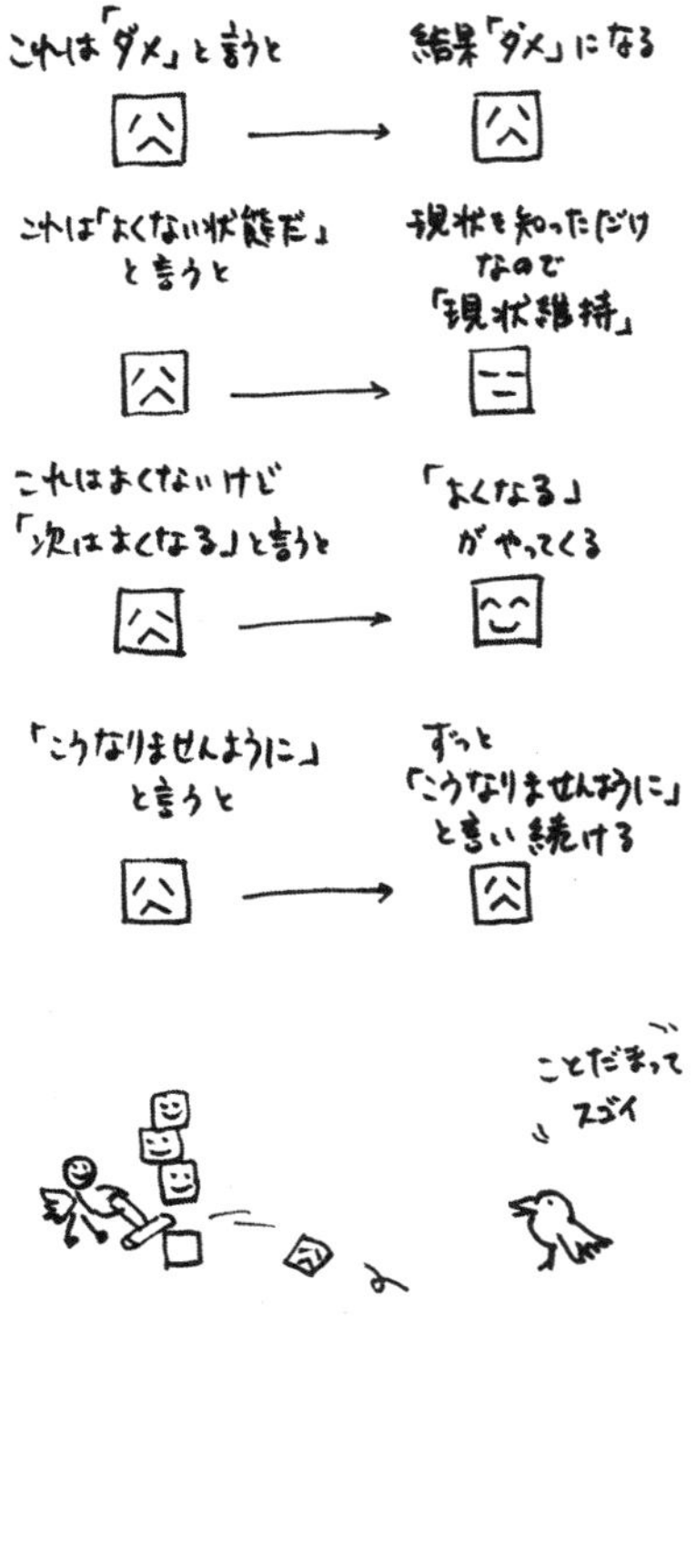

これは「ダメ」と言うと
結果「ダメ」になる
これは「よくない状態だ」と言うと
現状を知っただけなので「現状維持」
これはよくないけど「次はよくなる」と言うと
「よくなる」がやってくる
「こうなりませんように」と言うと
ずっと「こうなりませんように」と言い続ける
ことだまってスゴイ

さらに、よい波動は身体の調節機関を順調に働かせる方向に進めます。普段使っていることばにも、責任を持ちます。ことばの持つ力の作用により、発したことばの方向に物事が進むことがあるからです。弱音ばかり言っているとその通りになっていきます。

ことばの使い方次第で、よい方向へ向かわせることができます。

わたしは子供の頃から、よくないことを考えると、いつも足を踏み外しました。これは、今でも続き、わたしに「よく考えて」と教えてくれています。始めはこのことを、一体誰が見ていてそうさせているのかずっと気づきませんでした。神様のような人がいるに違いないと思ったこともあります。

でもそれを見ていたのは、わたし自身であり、わたしの守護霊でもあります。「その思いは間違っている」と教えてくれていたことを知りました。

治らないことには訳がある

二十代のNさんは、一度目の自動車事故で背中を痛め、よく治らぬうちに、また自動車事故を起こして今度は首を痛めました。病院には通っていますが、半年経ってもよくなりませんでした。

原因はスピードの出し過ぎでした。若いせいもあり、つい周りから見ても危険な運転をしていたのです。

「世の中には、お年寄りや目が悪くてすぐには反応できないドライバーもたくさんいます。皆が二十代の若者のようにはいかないのです。よいドライバーとは、まず安全運転で、他者にも気を配れる人のことです。歩行者や、他の車に乗っている人たち皆が自分の大切

よくないと
わかっていてしていること
やはり
よくないのでは？

よいと思うことで
あなたのまわりを
いっぱいにすると
魂が喜び
始めます。

あなたを
喜ばすのは
あなた

な人だと思ったら、そんな危ない運転はできないはずです。誰かに危険だ、怖いと思わせるような運転は、上手な運転でもなければ、格好良くもないのですよ」とお伝えすると、青年は肩を落として、「おっしゃる通りです。遅い車についいらいらして、危ない運転をしていました。自分ではわかっていたけれどついスピードを出していました。こんな話をされたのは初めてです」と言いました。

それからしばらくすると、それまで回らなかった首が以前のように回り、背中の痛みも消えていました。

このように、痛みの原因が気づきにより消えた場合は、もう身体に異常を持っている必要がないので消えてもよいということなのです。

病気や困難を望む人はありません。それなのになぜ避けられないのかと言うと、これには理由があります。

わたしたちは、霊的真理に気づくことで霊的に成長することができます。

成長することは、わたしたちがこの世に再生してくる目的でもあります。それなのに、わたしたちの魂が訴える大切なことを後回しにして、自我の思うままに生きていると、「そろそろ気づいてください」とばかりにメッセージが送られます。それが、病気であったり困難であったりするのです。

なぜ病気が治らないのか、または苦労が消えないのかと言うと、それらを作ってしまった原因が解決されていないからです。心が気づき、潜在意識との調和がとれたら、また元の心や体に戻ります。

一人ひとりに起きる出来事には、それぞれの原因があります。それらは皆、異なり、そこにはそれぞれが改善すべきことがあります。

この世の出来事は偶然なくベストなタイミングで起きることで、一人ひとりに大切なメッセージを伝えようとしています。

順風満帆の人生で何も成長がないことは生まれてきた意味がなかったことになります。たとえ人より苦難の多い波乱の人生でも、それは生まれる前に自分で計画したものですから、苦難は乗り越えられないようなものではありません。やって来る課題のどれもがここまで成長したあなたにとって、ちょうどの課題なのです。

ですから、取り越し苦労をすることはありません。

一生治らないかもしれないとか、一生この苦難が続くかもしれないと不安に思うことは、本来もっているエネルギーの流れを悪くし、想像した通りの悪い結果を引き寄せようとしますから、不安な気持ちは心から取り払うことが大切です。せっかくの治療の効果が台無しになってしまいます。想像するなら、元気に回復した自分の姿です。

送られたメッセージに気づかずに進むと、さらに大きな課題となって現象が現れることがあります。それは、あなたにどうしても気づかせたいからです。

病気を治す特効薬はありません。一時的に治ったように見せても、また再発することもあります。

これらを完全に治すことができるのは、自らの心だけです。心が変わったら、もう再発することもなくなります。

「病院に行けば、きっと誰かが治してくれる」という受け身の心だけではなく、自分がつくった病気の意味を知り、自らが治す努力をすることで、治療期間が大きく短縮されていくはずです。

もちろん、ケガや救急の病気などの急を要する場合には、病院に行って診てもらうことが必要です。でも、医学だけでは治らない病もたくさんあるのです。現代医学に加えて、われわれが霊であることも考慮して治療することが大切です。

Mさんは、四十代前半の男性です。脳腫瘍でこれまでに三年間で四回の大きな手術をしました。いずれも大病院でした。

手術後も思ったように治らないため、何度も手術を重ねることになったのです。その後

も寝たきりで、両手もわずかに動く程度でした。

患ってからはなぜ自分なのか、なぜ治らないのかと毎日思い悩んでいました。

話すことも字を書くこともできないため、わたしは奥様からの手紙で事情を知りました。

これまで順調に四十歳まできたMさんは、世の中は意外にたやすく生きられると思っていました。それが、突然の入院と度重なる手術、治る気配のない体、そして、治せない病院にいら立っていました。

病は突然やってきて、命さえ奪う場合があります。でもそれは、病になって亡くなる人にも、残された人にも何かを気づかせるための計らいです。気づかせるために医師や、病院、妻、皆が関わってくれているのです。

「誰も失敗しようと思って治療をしてはいません。誰も悪くはないのです。これまであきらめず協力してくれた皆さんに、感謝の気持ちを持つことです」

奥様の心にも強いストレスがありました。辛い過去です。両親に対する許せぬ想いがあり、結婚によりやっと解放されたと思ったのです。

すべては偶然なく起きていることや、必ず乗り越えられることなどを話すと、涙を流されました。

この後、Mさんはみごとに回復し、自分の体に感謝し、妻の愛に応えようと一所懸命リハビリをして、半年で社会復帰しました。そして妻は、今の命は両親にもらったもの、つらい過去はあったけれど、生んでくれた両親を許そうと、気持ちを切り替えることができました。二人が力を合わせて歩き始めたことで、エネルギーは何倍にも大きくなったのだと思います。

もしも、一度目の手術でMさんの心が変わっていたなら、あと三回の手術をする必要はなかったのかもしれません。

回り道はしましたが、その分愛情も深まったはずです。いつでも気づいた時から、新しい自分を生きればいいのです。

想いが体の中で薬になる化学物質をつくり出す

体の持つ機能を十分に発揮させるためには、体を正しく管理することが大切です。食生活や、適度な運動、休養や睡眠を適切にとることや、体を清潔に保つことです。**でも、わたしたちは、それだけでは病気を治すことができないことはすでに体験済みです。**

「想い」や「感情」の力が、体に最も影響を与えているのです。

心の反応が脳を通じて体に伝わり、その結果、体が化学物質をつくり出します。

たとえば、静けさは精神安定剤と似た物質をつくり出し、喜びは免疫調整剤になります。不安や恐怖は体のエネルギーの流れを弱め、憎しみは体に毒素をつくり出します。

感情は瞬時に全細胞へと働きかけ、これらの物質をつくり出し影響を与えることで、体を変化させます。

カルマが原因の病気もある

もう一つの病気の原因は、今世または過去世で作ったカルマです。

カルマを持っていない人はありません。誰にでも、これまで誰かを傷つけ、苦しめてしまったために作ってしまったカルマが大なり小なりあります。そのカルマを解消するということも、生まれてきた目的の一つです。わたしたちは、地上での体験を積むため、この世に生まれて来ますが、**今のあなたが、これまで再生してきた中で一番思いやりや愛情が深く、霊的にも成長しています。そのあなたに解決できないことなど、起きるはずがありません。**

カルマ自体も、自らが成長するために大切なものです。また、こちらの世界でしか解消できないものでもあります。あちらの世界に戻り、さらに成長するためには必要な課題です。

前世、または何代も前に作ってしまったカルマの解消を今世でするには訳があります。前世までは、解消するための出来事に対処するにはまだ十分に成長していなかったあなたでしたが、次の世なら立ち向かえるだけの十分な力があることを考慮して、今世にその課題を持って来ていることがあります。

すでに成長した今のあなたに解決できない問題や、越えられないほど難しい問題は起きることがないと言われるのはそのためです。

課題の内容はそれぞれで、体の不自由や人間関係のトラブル、仕事や金銭上の苦労などがあります。病気もそうした課題の一つです。

解消できないものはない

カルマの解消は、この世に生まれる前にあなた自身が選択していることでもあります。その出来事が、この人生で最適な時期を選び、正確に生じています。

カルマはすでに、あなたの生まれる環境や、両親や、人間関係などに影響しています。カルマは心の方向性によりつくられたものですから、何かの出来事に遭遇した時、気づきにより心が変わっていればすんなりと消えていくこともあります。

そして、穏やかな意識で自らの内面を平和にすることで潜在意識とつながり、そのことがカルマの解消を促します。もしつくってしまったカルマがあるのなら、解消したいと願うことです。願うことですべてはその方向に向かいます。

奉仕の精神や、他者への愛情や感謝の気持ちを持って人生を送ることで、自然とカルマが解消されることもあります。

誰かを傷つけたためにつくったカルマをもっているなら、誰かを助けることで消えるはずです。

あなたがつくったカルマは、あなた以外の誰にも解消することはできません。他のどんな方法でも、それは消えるものではありません。

また、あなたが、他の誰かのカルマを解消することもできません。

これまでの人生がどのようなものであっても、そのすべては、「自己責任」であって、過去生での自分自身の責任を取っているだけです。あなたが送り出した感情が形となって現れ、その結果の人生を受け取り、送っています。

遭遇する困難は、あなたの考え方が変わることで必ず解決し、もうこのような困難に遭遇することはなくなります。

また逆に、あなたがよいことをしたとします。その結果、何らかの幸せを受け取ることになりますが、それを受け取ることができるのは、あなた以外の誰でもありません。

「法律があるから」とか、「誰かが見ているから」罪を犯さないのではなく、本来のあなたに近づき、あなたが望むあなたになるために、あなた自身や、周りの人たちや、自然の中に生きる万類に対してよいと思われる生き方をすることです。

よくないことを考えたり行動したりすることは誰かを悲しませ、その結果あなた自身のカルマをつくることになり、その責任をあなたが取ることになります。それが宇宙法則の中での平等です。

もし、何が正しくて何が正しくないのか判断しかねることがあるなら、自分が一番よいと思うことを、愛情をもって選びます。なぜかと言うと、人はそれぞれ霊的成長度が違い、それぞれの判断基準が違うので、自身で選択するしかないからです。

愛とは

わたしたちは、愛情なくしては生きてはいけません。そして誰もが、愛情を必要としています。

誰にも愛されないという人は、実は自分から愛を与えていない人です。愛は与えなくては入ってはきません。その逆に、与えればいくらでも入ってきます。

愛を与えると減ってしまうと思っているならば、それは間違った思い込みです。愛は与えれば与えるだけ入ってきて尽きることはありません。

愛には段階があります。幼い段階から崇高な段階まで、上は無限です。気づきとは愛を知ることでもあります。

罪を犯してしまうのは、不安や恐れがあるからです。

どんな人も完璧ではありません。また、生まれた時からの悪人などいません。どんなに見た目が立派に見える人でも、心が未熟であることはよくあることです。誰かを傷つけてしまう人は、未熟なだけなのです。

このような人をとがめるよりも許すことで、あなたの感情は保たれます。過去のあなたにも、未熟な時があったのですから。

純粋な愛は人に対する期待や、隠された動機や、罪悪感を伴いません。また、人をあやつり、うっぷんをはらすために、与えられることはありません。

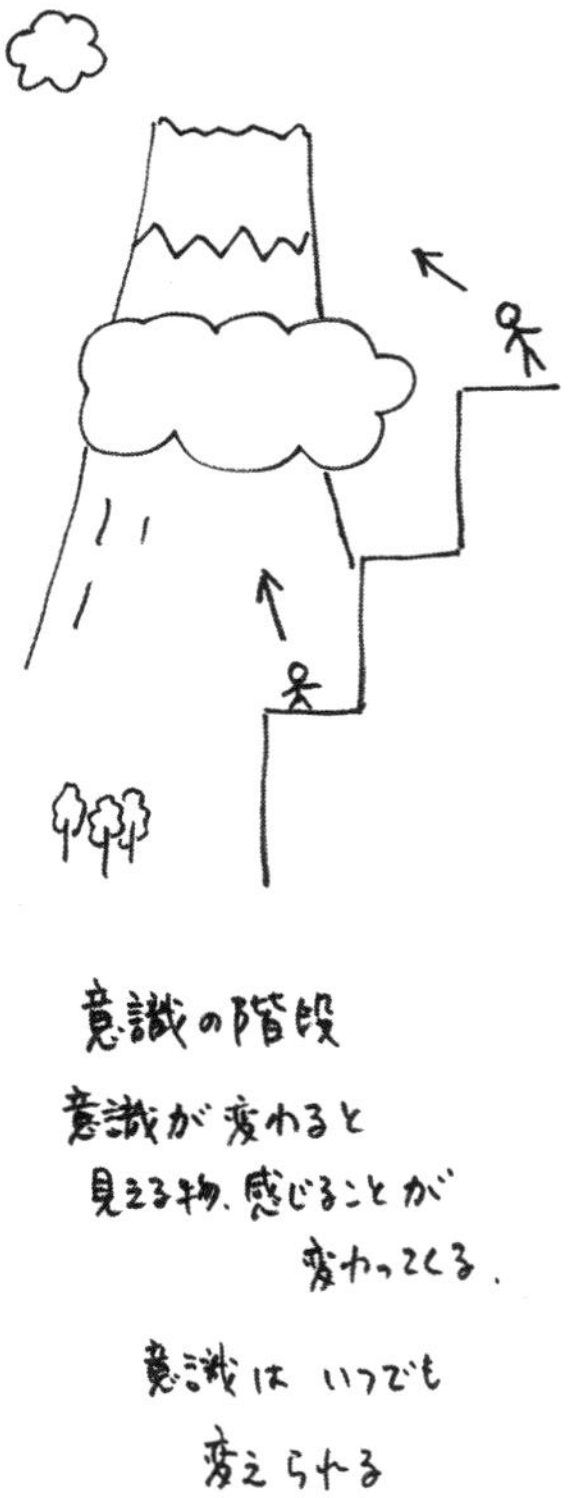
意識の階段
意識が変わると
見える物、感じることが
変わってくる。
意識は いつでも
変えられる

愛は、あなた本来の性質から湧き上がるもので、理由なしに人を思いやるものです。
愛は、創造されたすべての存在である、人や動物や植物などに対し、湧き上がってくる自然な反応です。存在するすべてのものを通して流れる、神や女神的な本質です。
愛には段階があり、わたしたちは生まれ変わる度に、より深い愛を知り続けます。

守護霊からの愛のエネルギー

病気になると、自分が一人では生きられないことを痛感し、感謝の気持ちが湧き、人にも優しくなれます。自己中心的な考えの人が、他人に気配りができるようになり、命の大切さを知ります。命の危険にさらされた人は、残りの人生を悔いのないものにしようとします。

たとえ自分が病気にならなくても、他人の苦しんでいる姿を見て、何とかしてあげたいと優しい気持ちになることや、健康は当たり前ではないことを知って、感謝の気持ちが湧くこともあります。他人の経験を知ることでその感情を共有し、愛情が深まることがあります。

生命の誕生や、動物や昆虫や、植物など、自然界を通して、わたしたちは命の大切さを教えられます。

わたしたちが霊的に成長するために必要なものすべてはこの世に存在していて、それに目を向ければ、知ることができます。

人には寿命があり、この体を大切に使いながら、最後まで限られた命を生きることは重要なことです。死があるから生きることに真剣にもなるのです。

病気になることは悪いことではありません。病気は、これまでの人生を振り返るきっか

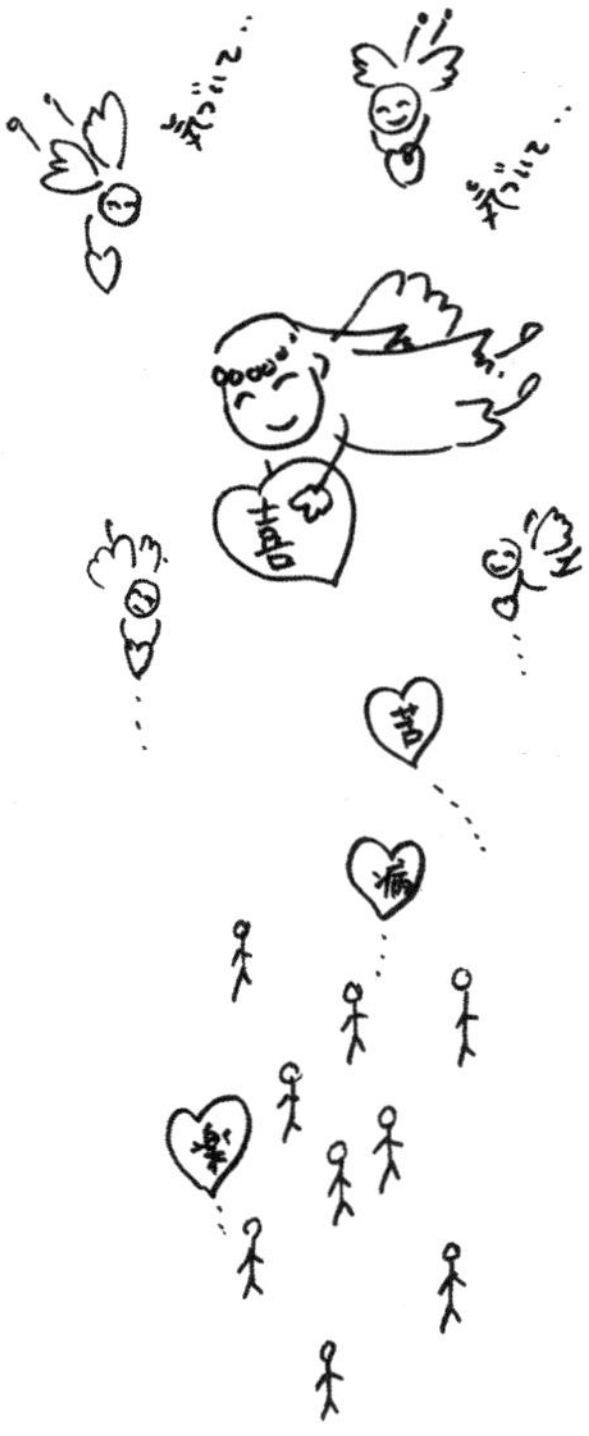

けを与えます。**病気になることは、運が悪かったわけでも、偶然でもありません。あなたに気づきを与え、成長させるための計らいです。**

たとえ同じ病気、同じ症状であっても、それぞれの病気の原因は皆違います。まずは、原因を知り、消すことです。

原因に目を向けずに、治る確率が低い病気だから、自分も助からないかもしれないと始めからあきらめることは無意味なことです。どんな病気になっても「治す」、または、「前向きに生きる」と決めて、そのように進むことです。自分の意志を持つことが大切です。

プラス思考だと早く治る

病気になると、痛かったこと辛かったことを細かくノートに記入する人があります。医者に聞かれた時にすぐに答えるためのようです。もし、その作業が必要なら淡々とすることです。必要以上にリアルに苦しみを思い出していては、何度も辛い思いを繰り返してしまいます。

六十代のNさんは、ため息をつきながら、痛さや辛さを思い出し記帳していました。そして、これ以上悪くなるかもしれないと待ち構えていました。毎晩自分が死んでしまうことを考え、眠れなかったと言います。

Nさんに、今日はご飯が食べられてよかったとか、今日は気分がよかったなど、よかったこともノートに書いてもらうことにしました。

そして、治ったらしてみたいことを想像して、気分を明るく保つように勧めました。**何事にも前向きな気持ちは、身体の細胞まで元気にします。**やっとNさんにも笑顔が戻りました。**病気の時こそ、否定的な考えを持たないことです。**


薬を多用していると、いざという時に効果を発揮しないことがあります。本当に必要なものを必要なだけ摂ることが大切です。

また、あなたが毎日摂っているものは本当に心や体が喜ぶものなのかを知ることも大切です。

食品は、健全な心と体のために必要なものです。自然に近い食品や、添加物のないものを選び、発酵食品や、フレッシュな果物や野菜を一日に数回に分けて摂ることで、薬や健康補助食品に頼らなくてもよくなります。

「誰かのため」と思うと引き寄せの力は強まる

わたしたちは、何かを想像することで、そのことを創造することができます。これまでもずっとそうして未来を創ってきました。

不安や恐怖は自分の心がつくり出すもので、実態のないものです。現実を見つめることは大切ですが、よくない想像をすることは自分で不幸を引き寄せていることです。リアルに想像したことが、わたしたちの想像力により現実化していきます。引き寄せの法則を知

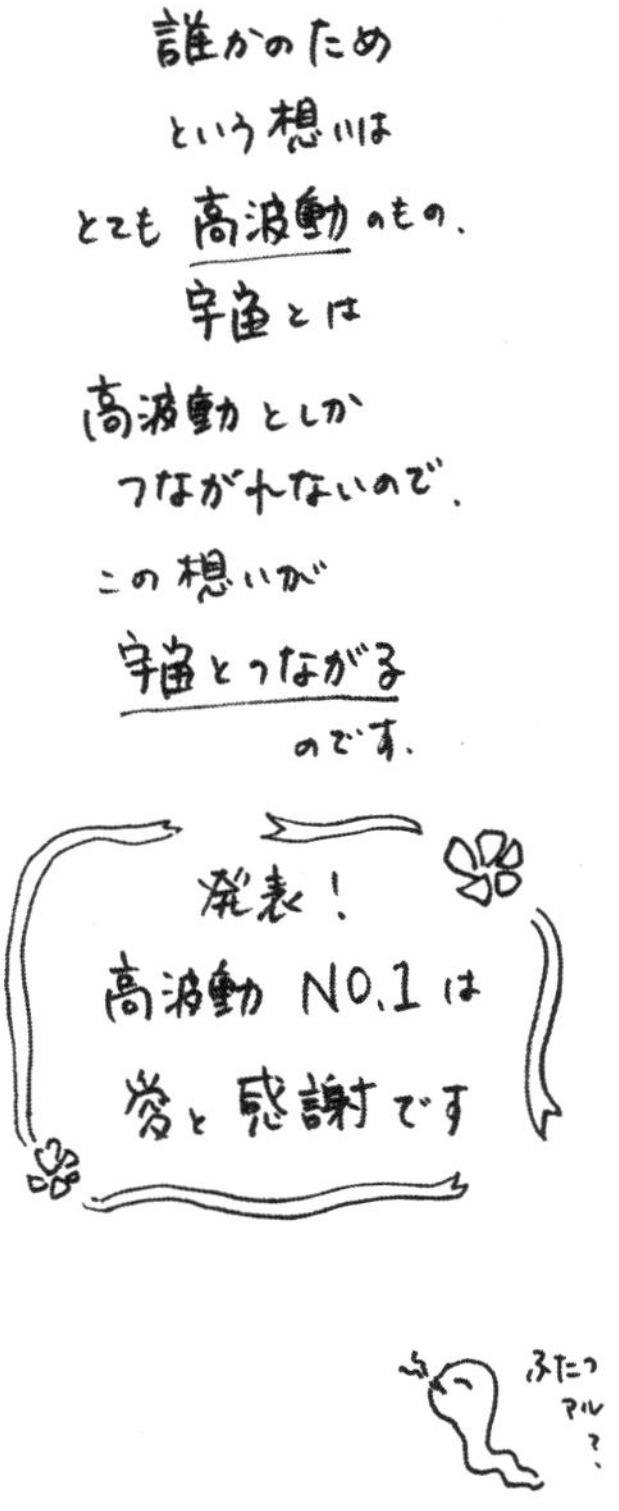
誰かのため
という想いは
とても高波動のもの。
宇宙とは
高波動としか
つながれないので、
この想いが
宇宙とつながる
のです。
発表！
高波動 NO.1 は
愛と感謝です
ふたつ
アル？

り、実践している人も多いのではないでしょうか。

わたしも、そのような法則を知らない頃、なぜ欲しいものばかりが家に集まって来るのか不思議に思っていたことがあります。のちに、どれもわたしが強く望んだものであったことに気づき、驚かされました。偶然はないのです。

できるだけリアルに想像するほど、効果が高まります。このような素晴らしい力はどんなことにも応用できます。想像するなら、若返った自分の姿や、元気に生活している姿を想像することで、心は前向きに平安を保ち、エネルギーの状態はよくなります。そして、元気になって、「誰かのために役に立とう」と思うことでさらに効果は高まります。

どんな能力も、「世の中のため、人のために活かしたい」と思うと、引き寄せの力はさらに強まります。

細胞を元気にする考え方

Nさんは心配性です。病気になった人の症状を詳しく聞いていては、いつか自分や家族がそうなるかもしれないと心配していました。また、事故や災害が起こらないか心配でした。

心配や不安は、平静心を保てなくします。

この心配と不安は、いつも夜になると大きくなり、時には心を埋め尽くし、楽しいことや、前向きな考え方を追い出してしまいます。人の心は気を付けないとマイナスに傾きやすく、また、マイナスのことは考えれば考えるほど増えていきます。

次第に、何もしたくない、何もできないと思い始め、うつ状態になりました。

病気の症状が出るところは人によって違いますが、原因となった心の持ち方を改善しなければ病気は消えません。

これとは逆に、Yさんは病気に苦しむ人を見ても「わたしは病気になるはずがない」、「病

気になってもすぐに治るから大丈夫」と思っていました。また「生きるか死ぬかは、神様次第」といつも前向きに考えていました。

どのような考え方で暮らすかは自由です。ただ、想った方向に現実は近づいていきます。**あなたの心が悲観的、否定的になっている時には、細胞内にその情報が送られ、体も否定的になり、体の中にさまざまな攻撃物質が生成されます。それがDNA遺伝子を傷つけ、細胞の働きを弱めます。これにより免疫力が低下し、健康が保たれません。**

また、怒りや悲しみなどのマイナスの感情を抱くと、体にマイナスのエネルギーが蓄積し、慢性的に体を弱めていきます。

わたしたちはある程度の寿命を決めて生まれて来ますが、それがいつなのかは知らされません。ですから、いつこの人生が終わってもいいように、悔いのない毎日を送ることが大切です。

知った人からこれまでの人生で一番元気になっていい

わたしたちはよく、「年齢のせいで、体が衰えてやる気が出ない」と言うことがありますが、実は**心が元気であれば、やりたいことができる体に変化していきます。**

わたしの周りには、元気な人が増えています。Oさんもその一人です。

「今では元気になったので、二十年前にできていたことをやってみようと思い、一つ先の駅まで歩いてみたら、あの頃のように歩けました」と喜ばれました。

「以前にできていたことがまたできるようになってよかったですね。今なら、昔にあきらめていたことでも挑戦したら、できることがありますよ。若かった時よりも健康になっていてもおかしくはないのですよ」

「できない」と思うのは、自分が作った「枠」であり、「思い込み」でもあります。そんなことに縛られずに、挑戦してみるとできることもあるのです。

わたしは体が弱く、運動は苦手でした。長距離を歩いたことがありません。でも富士山に登っている夢を何度か見て、どうしても登りたくなりました。そのために小さな山に登り、少しずつ体力をつけ、半年後には登ることができました。

「若い時にできなかったことが、中年過ぎてからできるはずがない」という、わたしを含めた周りの人たちの「思い込み」が崩れ去りました。

どんなことも「したい」と思った時がタイミングに合った時だと思います。今したいことをワクワクしながら最大限に楽しむことで、老化さえ遅らせて生きることができます。

自分で制限を設けて、「昔からこうだから」と、自分の足りない能力や、よくない習慣を変えることはできないと思ってしまうことがありますが、思い込みの枠を外して考えることでできることもあります。できないことはひらめかないからです。

三章　宇宙

あちらの世界から見たこちらの世界

身近な人や、ペットを亡くしたことが原因で病気になることがあります。すると、悲しい、よく眠れない、食欲がないといった症状が出始めます。

このような方の心の中を聞くと、罪悪感にも似た後悔の思いが心の底に沈んでいることがよくあります。

「あの時わたしがもっと注意してあげればよかった。もっと理解して、優しくしてあげればよかった」と、後悔の思いが消えずに、ついには罪の償いのような気持ちで、自分の楽しみさえ抑えようとします。

こんな人には、治療よりも知識の方が必要になります。
一時的に病気の症状を治しても、この思いがある限り、また悲しみ、後悔し、病気を再発させるからです。

命あるものには寿命があります。誰にも制限時間があるからこそ、その時間を有意義に使おうとするのです。それも、あちらでプログラムした通りです。

亡くなった人は、この世から消えはしたけれど、あちらの世界で生き、時にはこちらの様子を知ることもできます。なんの心配もありません。

また、過去にしてしまったことを後悔して、「一生を後悔の気持ちで生きる」と決めてしまう人もいます。ですが宇宙では、一生という時間にはあまり意味はないのです。
もし、すでに心の整理がつき、気持ちを切り替える準備ができたなら、今生まれ変わった気持ちになって、これから残りの人生を、後悔ではなく新しい自分を生きることにしてもいいのです。
気持ちが済まなければ、誰かの役に立つことを考え、それを実践しながら生きることで、残りの命が活かされます。人の役に立つことで、徳を積むことになります。そうしているうちに、あなたの波動が上がり、あなたにも生きる楽しみが与えられます。そして、暗かった心は前向きに変わっていきます。

このままくよくよと考え続けるよりも、前向きに何かをすることで、その悩みはあなたにとってそれほど重要ではないと思える時がきます。

心の方向性を決めるのはあなたです。あなたが心の主導権を握ることができます。

もし、あちらの世界から地上を見た時、そこに大切な人たちがいつまでもあなたの死を悲しむ姿が見えたら、あなたはきっと辛い思いをすることでしょう。

あなたはもうあの世で楽になっているのに、地上では悲しみが続いていて、大切な人がいつまでも自分たちの楽しみさえ控えて生活していることを知ったら、すぐにでもやめてもらいたいと思うはずです。

これも、真実を知らないために起きていることです。

誕生も死もわたしたちはすでに何度も繰り返していて、魂はすべてを記憶しています。

死は誰にも訪れることであり、すでに何度も経験したことです。怖いことでも心配することでもありません。「過去を悩むよりも今に焦点をあてて、この人生を有意義に生きなさい」とあちらの賢者たちが言います。

思い込みの世界

亡くなった人について、三途の川を無事に渡っただろうか、地獄が本当にあって、苦しい思いをしてはいないか、そんなことを心配して、また悲しみが増大していくこともあります。

三途の川というのは、わたしたち日本人が作り出した想像の世界です。外国では、天使がラッパを鳴らすとか、人によっては、亡くなった大切な人がお迎えに来てくれる、といった想像もあるようです。

地獄に関しても、想像の中の世界です。でも、そんな心配は、あちらの世界を知ったらすぐに消え去ります。

わたしたちは、子供の頃からさまざまな来世観を教えられて育ちました。

今の時代には前世の記憶を持って生まれてきた人が世界中に存在し、あちらの世界についても明らかになりつつあります。

本当のあちらの世界は、光あふれる世界です。

そして、わたしたちは、すでに何度もあちらの世界とこちらの世界を行き来しています。ほとんどの人がそのことを忘れているだけです。

死ぬとは、扉を開けて隣の部屋に行くようなもので、痛くも苦しくもないと言います。それに加えて、これまでの体の痛みなどが消えてなくなります。わたしたちは、勝手にさまざまな想像をしていただけなのです。

また、あちらの世界へは一人で行くのではありません。お迎えの人と一緒です。死んであちらの世界に行った人は、よほどのことがなければこちらへは戻りたくないくらい快適に生活を送ると言います。

予定通りの寿命

中には、わずかな期間だけこの世にいると始めから決めてきた命もあります。その期間に必要なことを経験して、目的が達成されるとあちらに帰っていきます。

すでに、次に生まれる予定があるために、予定通りの年齢で亡くなることもあります。病気も事故も、そのほとんどが生まれる前から予定されていることです。

大切な人をなくした人は、愛する人がどこへ行ったのかもっと知りたいという思いから潜在意識とつながろうとします。この時に必要な霊的真理が流れ、本来のあなたになる手

助けをしてくれます。このことにより、あなたの潜在意識は活発になり、愛や感謝といった高い波動のものと引き合います。

そして、あなた自身の愛が深まり、霊的にも成長します。

人生には死というタイムリミットがあります。周りの人の死と自分の人生を重ね合わせることで気づきがもたらされ、今後の残された人生を有意義に生きるきっかけにもなります。

死の瀬戸際まで行って、帰ってきた人もあります。帰ってきた時には、これまでの自分とは違ったように感じるようです。

それは、一瞬でもあちらの世界を垣間見たことで死への恐怖が消え、思考が変わってしまうからです。

死ぬことは少しも怖いことではなく、ワクワクする体験でもあります。死ぬと、これまであった身体の痛みや不自由さがなくなり楽になります。そして、生前愛してくれた人たちの出迎えを受けると言います。

あちらの世界に誕生する

こちらの世界に別れを告げ、あちらの世界へ移行することは誰もが経験しているこの世への誕生に似て、「おめでとう、よく帰って来たね」と出迎えてもらえます。

死とはすべての終わりではなく、新たな生への誕生であり次なるステージへの出発でもあります。

あちらの世界に行くと、あなたはこの世で過ごしたあなたの人生を振り返ります。それはこの世であなたが経験したすべてのことで、中には、あなたが忘れてしまったようなことも含まれています。

そして、今回地上へ降りてきた目的は達せられたのかを、自分自身が閻魔様や神様の目をもって振り返ります。

生かされていることを知り、寿命まで生きることは大切なことです。

自殺はしてはいけません。なぜなら、そのような消極的思考パターンは、新しい肉体に宿っても受け継がれるからです。

わたしたちは、だいたいの寿命も決めてから生まれています。早死にも長寿も、予定通りです。すべてを忘れ、再生しているだけです。

性別も資質も生まれる国も、毎回違います。**魂の持つ命の一ページとして今回の人生がありこの人生を命ある限り生きることが、あなたの使命でもあります。**わたしたちは、勝手に生き、勝手に死ぬわけではありません。お迎えが来るまで、予定通りに生かされています。

宇宙と時間

あちらの世界には、物質的空間も時間の概念もありません。**宇宙では時間ではなく、一つのことが完結したかどうかということを重要視します。**ですから、何にどれだけの時間をかけたかは、あまり大切なことではないのです。**「完結する」とは、心が気づき、十分卒業していい段階にまできたということです。**わたしたちが抱えている問題も、解決さえすればそれを完結するためにかかった時間は重要ではありません。ですから、一瞬で解決しても、一生かかっても、来世まで持ち越しても構わないということです。

宇宙には時間の概念がありませんから、祈りに関しても同じことが言えます。重要なのは、気持ちを伝えることですから、どのような存在に祈る時も、時間の長さではなく、一瞬でもよいですから気持ちを届けることです。自己満足にならないように、気持ちを込めて祈ることです。

寝たきりでもいいから、とにかく長生きをしたいという人がいます。逆に痛みや苦しい心で人に世話をされながらでは、長生きをしたくないという人がいます。これを選んでいるのもわたしたちです。

あちらの世界は、苦痛などのない世界だと言います。自由な体に戻り、好きな年齢に戻り、そして、精神的にも安らかになって心を磨き、霊性を高める勉強をして過ごします。

この世のように、さまざまな霊性の人が集まって生活することもありません。あの世では自分に近い霊性の人たちが集まり、生活をします。

周りには、この世で築いた縁よりももっと深い縁を持つ人もいます。過去生での家族や仲間、そしてもちろん今世で一緒だった人たちもいます。

人は、死んでからもしばらくは地上にいた時と同じようにあの世での生活を送ります。個性や性格は、こちらにいた時のままです。

必要があるから生まれてきた

わたしたちは、なぜ生きているのか、どう生きていけばいいのか、悟りとは何か、疑問を持ちながら生きています。

国籍や肌の色は、今世限りのことで、長い魂の流れの中では、わたしたちに壁などありません。

わたしたちは、知ることや気づくことで成長し続けています。理解力は違っても、あちらの世界に戻ればすべてを思い出します。

そして、まだクリアできていない部分を学ぶためにこの世に再生してきます。地上では、この身体をまとっているだけです。

ヨガや禅を学んだり仏門に入り、修行を積む人がいます。職人や農作業を通して、また、子育てや家族を助けることで、霊的にも磨かれる人など、さまざまな方法でさまざまな道を通りながら同じところを目指しています。

また**わたしたちは、何かをしていても、していなくても価値のある存在です。たとえあなたが望まないあなたでもです。みんながあるべき姿で存在しています。生まれる必要があるからこうして時代を決めて、場所を選んで生まれてくるのです。**魂を高めることは、愛を深めることでもあります。

真理とは、それぞれの心の中にある愛の基準です。

霊性が高いとは、愛が深いことであり、年齢が上だから高いというものではありません。

地位や財産や姿形などの、物質的なことではかることのできない魂が持つ、愛の深さのことです。

わたしたちは皆、霊であり神です

海の神、山の神、日本八百万の神、世界八百万の神、宇宙八百万の神、太陽神、月神、星神、この世の森羅万象のすべてに神が宿るとも言います。

わたしたちは、死んでから突然尊い存在になったり、神になったりするわけではありません。今この地上においても、すでに霊的存在であり神の分霊です。

ただ、**この世では肉体という身体を持っているだけです。**

ですから、**わたしたち一人ひとりもすでに霊であり、神です。**

宇宙の神とは、自然法則であり、愛であり、無限なる叡智であると言われるように、形のない意識的存在です。

神社やお寺におられる神も、わたしたち人間も実は皆が神であり、つながった存在です。

神社の霊石や霊木も、始めは普通の石や木でした。それが、神としてあがめられることで、そこに意識が宿り神としての役割を持つようになったのです。

霊として祀られているかつての偉人たちも、**神として祀られることによって、あちらの世界からわれわれを見守る立場になり、神としての役割を果たしながら霊としての成長を続けておられます。**

参拝する心に必要なもの

神社への参拝の時、なにより大切なのは参拝者の心です。

わたしたちが正装し、習った通りの作法で参ることも大切なことではありますが、神様が最も大切にされるのは、人の心です。**身なりや作法がどんなに立派であっても、心が整っていなければなんの意味もありません。**

着衣は清潔なもの、そして、お年寄りなら着やすいもので十分です。高価なものでないと失礼だとか、礼服でないといけないと思うのはわたしたちだけです。

神社では、まずお参りできたことや、神様とのつながりが強くなったことに感謝をします。願い事があるなら、ただ願うのではなく、「○○大学に合格したいです。しっかり勉強しますから見ていてください」というように、自分自身の姿勢を決意表明するように伝えることです。

「これからも家族を大切にしますから、どうぞ家族皆が健康でありますように」とか、「頑張って仕事をしますから、お給料が上がりますように」とか、「自分は、愛される人になり、相手の人を幸せにしますから、よい相手が見つかりますように」と、あなたの心の姿勢を

見せて、あなたの意気込みを神の前で伝え、自分の内なる神に宣言します。そして、その結果に近づくように生活することです。

また、お参りの前には心を穏やかに保ち、マイナスの感情を遠ざけます。そして、否定的な思いで参道を歩くようなことのないようにします。

数日前からあなたの今後についての目標を立て、紙に書き、神様にお伝えすることもよいでしょう。

わたしの神社参り

神社にお参りをすると、ご神木からエネルギーをいただけることがあります。お互いに命あるものとして、寄り添い、同じ時を共有することで、エネルギーの交換ができます。風もないのに、神風により一本の大木から木の葉が一斉に舞い落ちることもあります。

また、神のお使いである鳥たちは、「よく来たね」とメッセージを伝えにきてくれます。雲に形を借りた龍や鳳凰が空に姿を現します。

神々とわたしたちとはすでにつながっています。そのことを知り、そうだったのかと思った人からつながりはさらに強くなり、想像を超えるような出来事をも見せてくれるはずです。

神社にお参りをすると、心が洗われ、心地よく感じることがあるのは、波動が上がるからです。そこにおられる神々や土地のエネルギーが伝わり、わたしたちの中にある、いらないものが浄化されるからでもあります。

お寺でも、大自然の中でも、その場所があなたにとってよい感じがするなら、どこにいても波動を上げ、あなたに合わない心をリセットすることができます。

神様の住まいは神社のような鳥居の向こうだけで、わたしたちはそこでしか祈ることができないと思っていることがありますが、神社や、聖地に行くことができなければどこかででも、意識をそこに向けて祈ることで通じます。すでにすべてはつながっているからです。

そして、**あなたの波動は、神前にいる時のように純粋なものであれば、ずっと上がったままです。あなたの生活の中でも、高波動のものと引き合います。**

随分前ですが、白くキラキラ輝く地球を見ました。あまりの美しさに目を疑い、周りを見渡すと、目に映るものすべてが輝いていました。それは何日も続き、次第に当たり前の景色に映り始めました。ある時ふと、過去のつらかった思いが頭をよぎり、その途端に光は消えました。

波動を上げたままでいることは、心地よいものです。もし下がってしまってもまたすぐに上げることができます。

波動はあなたの周りにバリアを張り、さまざまなことからあなたを守ってくれます。

よい呼吸

一日に一度でも、静かな時間を持つことです。夜なら寝る前に、今日一日をざっと振り返り、感謝の気持ちを持つことです。無事に終えられた一日に感謝をします。

朝なら、今日一日が自分らしく送れるように、明るい気持ちで祈ります。誰にも邪魔されない少しの時間で、気持ちをリセットできます。人は皆、眠っている間に自然に霊体があちらの世界に行って情報を得たり、癒されたりしています。

よくない想いや、不安などが心にあると、その分だけ「本当の自分」が遠ざかりますから、取り越し苦労などはしないで好きなことや、楽しいことやワクワクすることを選んで考えることで、心のエネルギーは拡がり、リラックスすることができます。

何事も肯定的に考えることで、心が疲れることを防ぎよい結果を導きます。愛情のある考え方をすることで、心は疲れません。

よい呼吸をすることで、気の流れを緩やかにし、自律神経を本来の働きに戻します。呼吸をする時、意識的にいらない感情や低波動のものをはき出し、新しい空気と共に、自分が浄化されているイメージを持つことでさらに、効果は高まります。

よい呼吸ができていない時は、感情が乱れているか、体の状態がよくない時ですから、普段からあなたの呼吸を知ることも大切です。

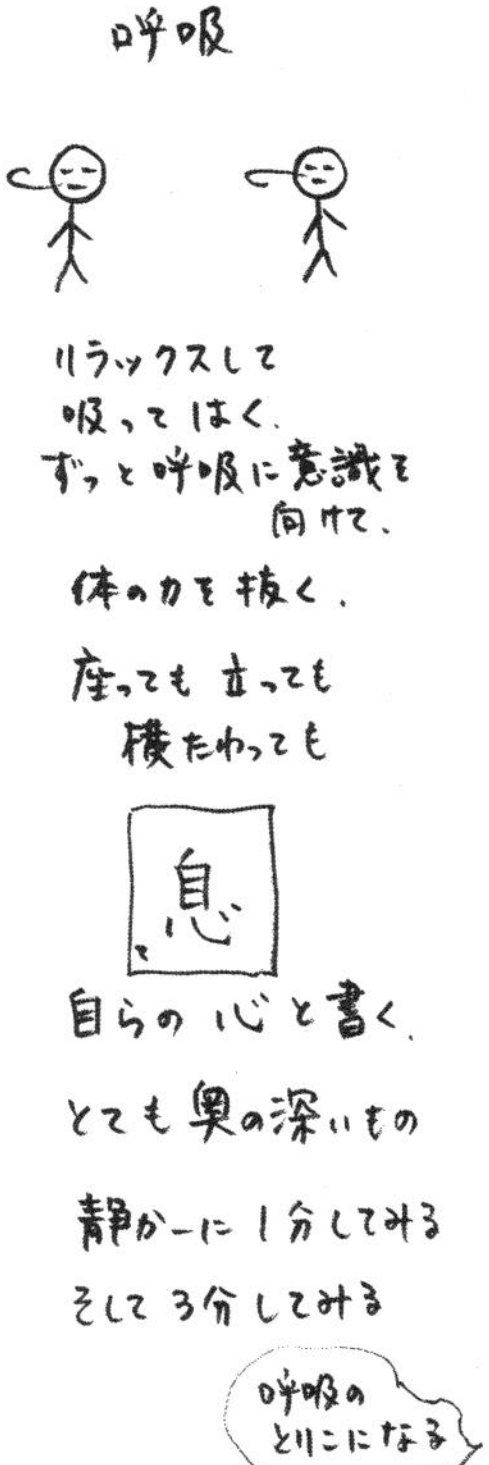
呼吸
リラックスして
吸ってはく。
ずっと呼吸に意識を
向けて。
体の力を抜く。
座っても 立っても
横たわっても
息
自らの 心と書く。
とても奥の深いもの
静かーに1分してみる
そして3分してみる
呼吸の
とりこになる

素晴らしい呼吸の効果

瞑想や呼吸により体のエネルギーの流れが整い、静かな時間を持つことや、瞑想することで、脳派は穏やかに保たれ、潜在意識とつながりやすくなります。**時間がない時は、深呼吸を数回するだけでも自律神経が落ち着きます。感情に乱れがある時などは、次の行動に移る前に平常心に戻ることができます。**

オーラとは、体から放射される生命エネルギーのことです。

これは、ろうそくの炎の外側に拡がるフレームのようなもので、たくさんの色があり、重なり合って複雑な色になる時もあります。オーラには魂の情報が刻まれていて、霊性、カルマ、感情、健康状態、好み、などを読み取ることもできます。

オーラは、人間だけではなくすべての生命体にあり、またこの世に存在するすべての物体からも放射されています。

チャクラとはエネルギーの入り口で、体のほぼ中心線上に頭頂部から尾骨まで並んでいます。

宇宙のエネルギーである生命力を取り入れ、体内の生命力の流れを調節する役割があります。主要なものは七つあり、これらのチャクラは霊視できる人でも全部は見えないと言います。正確な位置は人によって違うので、重要視しなくてもよいと思います。人によっては閉じていたり、不活発であったりするようです。

わたしも、胸のチャクラが花びらのように開くところを見て、本当に存在することを知りました。チャクラの中心は渦巻きのようになっていて、生命力や、宇宙エネルギーを絶えず呼び込んでいます。

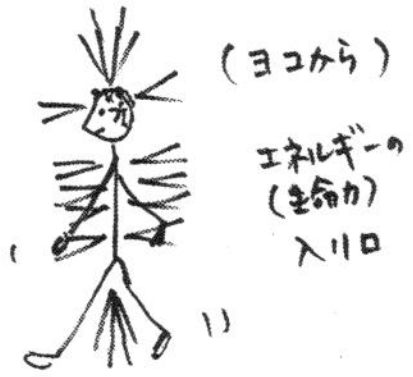

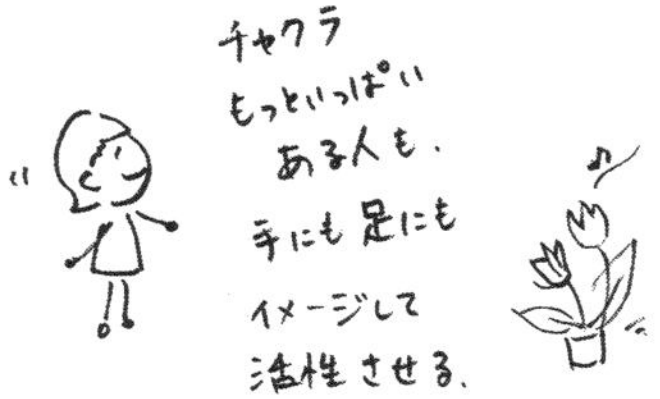

よい呼吸によりこのエネルギーシステムの詰まりを取り除き、チャクラを活発にすることで、治らないと言われていた病気が改善することがあります。

経路の通りがよくなることは、病気を引き起こす原因を取り除くことにもなるので、予防の意味にもなり、健康状態が保たれます。

オーラは、普通体を覆うように存在しますが、ショックやストレスや病気などにより、そのバランスを崩し、体の周りに均等に拡がっていないことがあります。すると、よく何かにぶつかったり、まっすぐ歩けなかったりするのです。

オーラを癒してあなたを守る

体の周りの霊体と、オーラを掃除します。それは、意識の中で行うことですから、寝る前などにすると効果的です。

リラックスして、深呼吸を数回します。体全体が卵の殻の中にいると想像します。両手を拡げても当たらないくらいの大きさの卵です。

イメージの中で掃除機を用意します。この掃除機は、マイナスの要素を持つ感情や疲れなど、あなたに必要のないすべての不純物を吸い取ることができます。この掃除機で内臓や血液を含む全身を掃除しきれいにします。

他にもアレンジすることができます。たとえば、イメージの中で頭からシャワーを浴びて、全身に染み込んだマイナス感情を、きれいに洗い流します。始めは「そうします」と自分で決め、終わったら、「そうなりました」と自分で終わりを告げます。

他にも自分に合う方法があればイメージし、心と体と周りに拡がるオーラを掃除することができます。

掃除が終わったら、オーラ卵の中には、もうマイナスエネルギーは存在しません。

何度かしていると、上手にできるようになります。浄化され、守られ、穏やかな心でいるとその効果は一日中続きます。

あなたがどこにいても、きれいなオーラがあなたを守り続けます。

おばけ

家におばけが出たことがあります。高次元の霊は美しく光り輝きますが、少しぼんやりとしていました。よく見ると、それは親戚のおじさんの霊でした。

ある朝、その人が亡くなったことを伝える電話を受けました。その時おじさんの霊が、電話で自分が話題になっていることを知り聞きに来たのです。

どうやら、昨夜具合が悪くなり、「明日の朝、病院に行こうね」と言って寝ると、朝には亡くなっていたそうです。

亡くなった人は、しばらくの間はまだこの世にいます。自分の亡骸を見たり、自分のことを話している人のところに行き、自分は本当に死んだのかを確かめるのです。すでに霊

の体だけになって肉体がないため、どこへでも瞬時に現れることができます。

おじさんの霊は、寝ている間に亡くなったために「どうも腑に落ちん」と、まだ何が起きたのか理解しきれない様子でした。昨日まで元気だった自分が死ぬはずはないと思ったようです。

「わからん、ここに生きているのに、皆が騒いでいるのだ」と言うので、「あなたは、もうこの世を去られました。これまで七十年近い生涯を立派に生きてこられました」そして、電話で聞いた話などを伝えると、おじさんの霊は真剣に聞いていました。

「どうぞ光の世界にお還り帰りください。そして、どうぞ成仏してください」と伝え、目を開けると姿は消えていました。

天使のお迎え

以前、入院中のTさんが亡くなるところを見ました。

Tさんの入院中にわたしは娘さんと電話で話し、電話を切った後も、よくなってもらいたい一心で祈っていました。

すると天使が三人、Tさんの周りを囲むようにしながら宙へ上がっていく姿が見えました。天女のようでもありました。黄金に輝きながら上がっていきました。

すぐに娘さんから電話があり、Tさんが亡くなったことを知りました。Tさんは、辛い時も感謝の気持ちを忘れない笑顔の素敵な女性でした。

誰かが亡くなる時には、必ずあちらからお迎えがきてくれます。

Tさんは亡くなる一週間前には、家族の一人ずつに「ありがとう」と声をかけたと言います。もう長くはないことを感じていたのでしょう。

あちらの世界は光の世界です。亡くなったら光の方へ進んでいくだけです。

この時、光の世界へ向かう姿を見て、とても安らかな気持ちになりました。**どんな人も、亡くなる時は一人ではありません。他の人には見えなくても必ずお迎えの人が来てくれます。**

そして、**こちらの世界もあちらの世界も扉一枚でつながっていて、心配することなど何もない**ことを感じました。


死ぬのが怖いという原因として、自分は地獄に落ちるか、怖い思いをすると思っている人がいます。

それも自分が作り出した世界です。

もし、あなたが地獄に落ちてもおかしくないと思うほどの過ちをこの世で犯したとします。それでもあなたは恐れることはありません。導かれるままに、まっすぐに光に向かって進めばよいのです。

「あなたが蒔いた種はあなたが刈り取る」

それは、変えることのできない宇宙の法則ですが、何ひとつ怖がるようなことはありません。

あちらに行くと、すでにあなたを助けに来た仲間がいます。

どんな人にも必ず救いの手が差し伸べられます。あなたの霊の心が開き、自分がしたことをもう一度振り返ります。

どんな時も、あなた一人ではなく必ず助けがあります。

あちらでの生活を終えると、またいつかこの世に戻りたいと思い、地上に降りる準備をします。自分を受け入れてくれる親を探して、今より向上したあなたになって、この世界に降りてきます。

「愛」が人の心を変える

人の心を変えることは、簡単ではないかもしれません。

叱っても強制的に押さえつけても、曲がった心は変わりません。逆に反発しようとさえします。でも、どんなに曲がった心を持った人でも、愛情をもって接することでその心を校正させることができます。

どんな問題も愛情を知るために起きていて、救おうとする側にも学びがあります。そこに欠かせないものは愛情です。

罰はありません。ただ、自分が蒔いた種を自分が刈り取るだけです。

もしも地獄があったとして、あなたを地獄に落としても、あなたは更生しないし、天使たちも波動を落とすだけで、よい結果を生むことはありません。

それを知ったら、あちらの世界の天使たちがあなたを地獄に落とすことがないとわかるはずです。

心を救うことができるのは、「無償の愛情」しかありません。

なぜ、自分や他人を傷つけることがよくないのか、と言うとわたしたちは皆神の分霊であって神の子です。あなたが大切に思っている人も、そうでない人も皆同じように神の子です。

その神の子たちを直接的でも間接的でも傷つけることは、その親である神を傷つけることと同じです。

また、わたしたちは皆つながっていますから、誰かを傷つけることは、自分の体の一部を傷つけていることと同じなのです。傷つけ合っても解決することはありません。

誰かを傷つけることにつながるマイナスの感情は、破壊につながります。

プラスの感情である愛情は、融合や和につながります。
わたしたちが目指しているのは、破壊ではなく融合や和です。

どんなものにも命がある

植物や動物に声をかけることや、音楽を聞かせることで、とてもよく育つことがあります。元気になるように願い、祈ってあげることで、大きな効果を生みます。

それは、**愛のある想いが細胞や霊の心に働きかけるからです。送り出す者と受け取る者が同意した時、最も強く、エネルギーの交換が行われます。**

散歩しながら「よい一日だ」という感情を持つことは、自然に対してよいエネルギーを放っていることになります。

また、自然からもエネルギーを受け取り、互いが調和しています。わたしたちは、いつでも太陽や空気に浄化され癒されています。

ある時、人相もわからないほど顔が腫れた女性がいました。Tさんの顔は一週間前から腫れ、病院では飲み薬と塗り薬を処方されていましたが、効果がありませんでした。薬を代えながら治療を続けているけれども、効果がないと言うのです。

ちょうどその少し前、Ｔさんが庭の大きな木を切ったことがわかりました。柿の木が大きく茂りすぎ、邪魔になったからです。

その柿の木は、突然切られてしまったので驚いて、このような現象を起こしました。植物にも心があります。大きな木ならなおさらです。

「これまでおいしい実をつけ、わたしたちを喜ばせてくれてありがとう。庭が狭くなったので切らせてもらいますけど驚かないでね」と言ってから切れば、お祓いをしたことと同じですから、何も起きることはありませんでした。

庭の草引きをする時にも、「今度はどこか広いところに生まれておいでね」と言ってから抜くとよいのです。家を建てる時には、土地の神様にそのことをお伝えして厄払いをするように、植物には植物の神様がおられますから、木を切る時や草引きをする時には自分で愛情をもって厄払いをすればよいのです。

どんなものにも、わたしたちの想いは伝わります。車や道具や着るものでさえ、それを使う人の波動によりさらによいものに変わります。

とてもよくもてる男性Mさんの話です。遊びでお付き合いをしていた女性がたくさんいましたが、本命の女性が現れた途端、他の女性たちと別れました。素敵な男性でしたから、女性たちは、ふられたことを悲しみ、新しい女性に恨みの気持ちさえ持ちました。

もし、Mさんが別れた女性たちに対して、これまでの感謝やこれから幸せになってほしいという愛情を持っていれば、女性たちがそれほど否定的な感情を抱くことはなかったのですが、そのような気持ちを抱くことなく、当たり前のようにお別れをしたので、女性たちの反感を買ってしまいました。

Mさんはカルマを作ったことになり、心に気づきをもたらすための出来事を引き寄せました。暴力事件という家族をも巻き込む困難でした。新しい相手とは結婚をしましたが、この女性が別れた女性たちの恨みを受け、入院するほどの病気にもなりました。

同じように、たくさんの女性とお付き合いをしている男性がいました。その男性は人の心を大切にし、感謝の気持ちをもって別れました。別れた女性は、その男性のことを悪く思うことはありません。ですからカルマは生まれないのです。

人は、神の分霊で霊的存在です。その一人を傷つけることがないようにするのには、霊的に大いに学びがあります。

あなたの感情があなたを攻撃し、あなたを守る

「さまざまな感情はいつの間にか現れ、心の中で大きくなり自分ではコントロールできないもの」ではありません。

わたしたちは、あらゆる感情をすでに知り、心に持っていますが、あなたが必要としない感情は普段は心の中からすでに消えているか、または小さくしまってあります。

感情が勝手に大きくなるのではなく、それらをコントロールして必要な時に大きくしているのはあなた自身です。

また、あなたの性格もあなたが選んだ結果です。

あなたの性格や、考え方を形成したのは、これまでの人生での経験や過去生からくるものですが、どんな時でもあなたの希望が最優先されているのであり、勝手にそのような思いが湧き出てくるわけではありません。

ですから、**あなたが望まないあなたの性格は自分で追い出し、あなたが望むあなたになっていいのです。**

「いつも夫が、ニュースやテレビ番組を見ては批判し怒っています」というAさんの夫は、家族や周りには優しい人です。

ニュースに流れる犯罪や、フィクション映画の中での出来事など、どんなことに対してでも、あなたが怒りのようなマイナスの感情を発すると、マイナスのエネルギーがあなたの血液を変化させ、次第に健康から遠ざかります。

たとえそれがあなたの中の正義から発し、道徳的に正しいことであってもです。

さまざまな出来事に感情を揺さぶられ、自分が感情的になるのではなく、出来事を事実として受け取り「現状を知る」だけにとどめることであなたは常に守られます。

そのことにより、感情の主導権を握るのはあなたになり、健康が害されることは避けられます。

第三者の目を持って中立の立場で考えることや、感情に流されずに、ポイントに目を向けることで、あなたは何にも害されないあなたでいることができます。

もし、あなたが怒りの感情を発するとします。その結果怒りは増えようとし、さらにあなたを怒らせる出来事を引き寄せるかもしれません。

あなたはどこかでそれを食い止める必要があります。怒りによっては、病気やケガを引き起こすからです。

たとえどんなに小さなことでも、その出来事をたどっていくと、原因を知ることができます。あなたの心が、病気や困難を作り出しています。

われわれの意識が、社会で起きている事故や事件を引き寄せてもいます。

家庭で起きることは、社会や国や世界で起きることの縮図です。互いの思いがさらなる抵抗意識を生むこともあります。駆け引きなどではなく、どちらかが折れることが、あるいは双方によい方法で解決しようと対処することが、問題解決につながります。皆が自分の主張で生きることは、けんかや戦争を肯定することです。

プラスの波動はあなたを守り社会に貢献する

感情をニュートラルにしておくことで、第三者の目を持ち客観視することができます。

世の中には憤慨することや、愚かなこと、悲観することなど、目に余ることがあるかもしれませんが、どれも偶然なく起きています。

誰かがその経験を糧に成長し、カルマの解消をしているかもしれません。**さまざまな出**

来事にはそれなりの理由があり、それらは共にこの時代に生まれてきたわたしたちが進化し、成長するために必要な出来事でもあります。

できるだけ感情を害することなく、「この人が早く気づき、成長するように」と祈ることです。

もし仮に、あなたが被害者になっても、それは偶然なく起きていることです。あなたが持っていたカルマの解消の出来事かもしれませんから、それを第三者の目で受け流すことです。

そのことによりあなたのカルマが消え、今後あなたがこのような問題により苦しむことはなくなるはずです。

でも、あなたに始めからカルマがないのなら事件に遭遇するはずはありませんし、何があっても、あなたは助かるはずです。ですから安心していてよいのです。

嫌なニュースを見る度に、自分にもいつか起きるかもしれないとおびえる必要はありません。

何も起きるはずがないのに、おびえて過ごすことは無駄なことです。

安心して本来のあなたを生きていいのです。

あなたが正義感あふれる人ならば、なおさら心配は無用です。どんなことにも公平な宇宙の取り計らいがありますから、安心して任せてよいのです。

何も知らず無知のために、罪を犯してしまった人がいるならその人の今後の人生を思い、**「この人も早く成長して、二度とこのような辛い思いを経験することがないように」と祈ることが、あなたができる最良のことです。**

理不尽なことを見ても、一喜一憂し感情にあやつられることなく客観視することです。

これであなた自身の身体を害することはなくなり、怒りにつながる出来事を引き寄せることもありません。また社会にもよくない波動を送り、さらなる悲劇を引き寄せることがありません。

あなたが発した感情は、そのすべてがあなたの心に記録されています。

このように、**感情の中であなたが波動を下げない実践をしていることで、**または、あなたがプラスの波動を発しながら生きることで、**あなたはすでに社会に貢献しながら生きていることになります。**

どのような波動も、潜在意識でつながる霊であるわたしたち皆に拡がるからです。

四章　すべての答えはあなたの中にある

瞑想と心のエネルギー

春には花が咲き、秋には実がなり、冬には落葉していく。自然に営まれる生命の中で、わたしたちは生き、心には自分なりの真心や思いやりを備えています。あふれる物質の中で、一人の自分に返り「本当の自分とは何なのか」その存在を感じたいと思う時もあります。わたしたちは大自然の猛威を目の当たりにした時、どうすることもできない小さな自分を感じます。

この現実の背後には、広大な目に見えない世界があります。それは、わたしたちが氷山の一角を見て、その隠れた大部分を見ていないことに似ています。

この宇宙にはエネルギーがあふれていて、そのエネルギーは、心を使うことで手にすることができます。瞑想をしたり行をしたりすることで、わたしたちはそれをずっと求め続けてきました。そして、**その扉の鍵は物質世界にではなく、わたしたちの心の中に例外なく収められています。**

心のエネルギーについて知ることで、健康で幸せな生活につながることがあります。


瞑想にはいろいろありますが、簡単なものを紹介します。

まず深呼吸をして、体の動きや心地よさなどを感じます。

深呼吸とは、深く呼吸することです。しっかりと息をはき出すことで、自然と深い呼吸ができます。

はき出したら、自然に息を吸い込みます。

どちらも一気に行うのではなく細く長く、そして体が緊張しないように静かに穏やかに行います。

感情に乱れや緊張や不安定なところがあれば、何度も丁寧な呼吸をして安定させます。

そして肩の力を抜き、体の緊張を緩めリラックスします。

心を強制せずに自由に遊ばせます。そして、あなたが気持ちよく感じるままに呼吸します。

気持ちのいい草原や、砂浜でのんびりくつろいでいる感覚です。星空をながめたり、木漏れ日の中でまどろんでいるような、ゆったりとした気持ちで静かに呼吸します。

今考えなくてもいい日常のことなどが浮かんだら、すぐにそれを考えることをやめて、

うっとりとした感覚になれることや、楽しいことや、心が落ち着くなどの肯定的なことを想います。

不安や恐れ、マイナスの感情が出てきたらすぐに肯定的なものと交換して、そこに焦点をあてないことです。なかなか消えない場合は、呼吸の数を数えたり「ありがとう、うまく言っている、大丈夫、大丈夫」と心の中で言い続けるなどして、プラスの方向に導いていきます。

立ち向かう気力を持つには

わたしたちは、どんな時もまず気力を必要とします。それはさまざまなことへの原動力となり、困難に遭遇した時には切り抜け、病気になった時には、あきらめずに立ち向かう心となります。気力が充実し、心のエネルギーが満たされていたら、多少のことではしぼみません。

いつの間にか将来への不安や、家族の心配事や、思い通りにいかないことなどが大きくなり、心がマイナスに傾き始めると心のエネルギーはそちらに奪われてしまい、本当に必要なところにエネルギーを使いたくても、わずかしか残っていないことがあります。

小さな心配が次第に大きなものになり、たとえうまくそのことが解決しても、心配性という考え方の癖は気づかないうちに育っていくこともあります。

何かをマイナスの方向に考えることは、心配性の始まりです。愚痴を言い始めたり、誰かのせいにし始めたりしたら要注意です。

これらのよくない習慣は、気づいたらできるだけ早く改める方がよいのです。いつでも自分の心の中を整理し、**マイナスの感情が出てきたら自分の意思で不要な感情を手放し、考えることをやめるのです。そしてすぐに、笑顔につながる考えで満たします。こうすることで、これまで通りにエネルギーは流れ続けます。**

これができたら、あなたの心はもうエネルギーを無駄に消耗することをやめ、満たされたエネルギーは自己免疫力を活発にし、あらゆることに立ち向かう気力を持つことができます。

マイナスのことばをやめて元気になる

マイナスのことばにはマイナスのものを引き寄せる傾向があり、それらのことばを意識して使わないようにすることであなたの波動を下げることなく保たれます。

たとえば不満、愚痴、悪口、批判、言い訳、弁解、後悔、正論の押し付け、否定的なことば、脅かしなどです。

これらの何気なく使っていたことばがあなたの体のバランスを崩し、血流を乱しエネルギーの通りを妨げていたのです。

精神統一が必要なスポーツでは、マイナスの感情が頭をよぎった途端に力が入らなくなり、一瞬の出来事で相手にポイントを取られることもあります。お侍なら一瞬の隙が相手に油断を与えることになり、すでに斬られているかもしれません。

あなたのことばや感情は、あなたを強くも弱くも導きます。うれしいことばや愛のあることばを使うことで、あなた自身を健康に近づけます。

今幸せになる修行中

あなたは家族や仲間や世界中の人たちだけではなく、神々や万物ともつながっています。わたしたちは、全人類とつながり全生命とつながり全宇宙とつながっています。

そのすべてが、あなたの心の中にあります。

笑い袋というものを知っていますか。袋の中から笑い声がして、聞いているだけで笑ってしまいます。あなたが笑う時、周りの人にも影響を与え、その場の雰囲気を明るく楽しいものに変えていきます。

一人の心が平和であることが、周りの人たちの心に影響を与え、それが仲間や社会や、世界へと拡がっていきます。

人だけではなく、万物は互いに協調しながら生きています。

自分一人が健康でいても、世界中の人たちの心と体が病んでいては本当の幸せではありません。

あなたがおかれた環境の中で一所懸命生きるなら、その日常の場があなたの修行の場です。そこにある家庭や職場や社会は、あなたが人格を高め、霊格を上げるために設けられた場でもあります。

修行とは、自分自身を知り自分を高めるためのものです。人生の荒波を修行の場と思えば、自分自身を知ることができます。

毎日が忙しいサラリーマンのWさんは、定年退職したら、どこかの山で修行をして人生を見つめなおしたいと思いました。

「なぜ毎日忙しくて、仕事が思ったように進まないのでしょう」と聞かれました。
「それは今が修行中で、どうすればうまくいくのかを考えることが大切だからです。もしかしたら山の中では、何ひとつ問題がなく、そちらの方が快適かもしれません。難しい上司も妻もいませんから。自己満足の修行ならば意味がありませんよ」

時には静かな時間を持ち、日々を振り返ることは大切です。退職してからと言わず、今からでも始めることができます。

わたしたちは今が修行中で、地上の生活を終えてあちらの世界に還ったら次はあちらでの生活が始まります。
そしてまた時期がきたら、この地上に戻ってきます。一人ひとりの霊的部分は進化し、上昇していきますから生まれ変わり、そして地上段階の卒業を目指します。

今おかれた環境の中での生活が、あなたに必要な修行でもあります。

本当の幸せを求めるなら

わたしたちは、たくさんのルールの中で生きています。スポーツであれば、細かな規則の中で。社会では利益を優先に。そのような制約の中にあって、競争に勝たなければ意味をなさないこともあるかもしれません。

でも、霊的成長はそのような観点からはみていません。どれだけ自分自身が楽しみ、よいパフォーマンスができたか。どれだけよい製品を作り皆に喜んでもらったか。そしてそこに至るまでの過程でも、どれだけ周りを感動させ自分も感動したか。また、家族や仲間と愛情を分かち合うことができたか。そのことが魂の最優先課題です。

物質的なことを優先していると、いずれ「こんなはずではない」「こんなことのために生きているのではない」と気づくことがあります。それでも無視して続けるとうつになってしまいます。肉体の心が、もう一つの心にふたをしてしまったためです。

勝負に挑む時も、「何としても相手を負かそう」という思いはすでにスタートラインで負けています。

「自分の実力を出し、悔いのない戦いをしよう」とか「ここまで頑張ったのだから自分を信じよう」と考えることで、本来のあなたで本当の実力を出すことができます。あとは相手次第です。

どんな時も、あなたが愛情をもって接することで、あなたの波動は上がりよいものを引き寄せます。その結果、人やお金が回ってきて、あなたは心からの幸せを手にすることになります。皆の幸せを願うことが、あなたの幸せを呼び寄せることにつながります。

今が一番成長したあなた

自分はダメだ、と自分自身を非難しながらさらに悪くなっていく人がいます。

今がこれまで何度か再生した中で一番成長したあなたであり、今も成長を続けているのですから**「どんどんよくなっている」と自信を持っていいのです。**

比較するなら、過去の自分であって他人ではありません。人は褒められることで、神経がリラックスして、本来の力を発揮しやすくなります。自分を褒め自分を好きになることです。それだけで、あなたは何倍もの実力を発揮することができます。

また、あなたはこの人生での主役であり、どんな時もあなたをプロデュースする存在です。

今置かれた環境の中で、あなたができる精一杯のことをする。そのことで、さらにあなた自身を楽しませ向上させることを引き寄せます。

もし、あなたが「お金は欲しいけれど働きたくない」とか、「何かをしたいけれど疲れるのは嫌だ」といった、相反する感情を持っていたら、それはうまくいくはずがありません。**プラスとマイナスのスイッチを同時に押しても、心はうまく反応できない**からです。前進したいなら、心の方向性を定めて全力でそちらに向かうことです。

心のリラックス

嫌なことや辛いことばかりを考えていると、心がマイナスに偏り波動が下がります。低い波動は、不快なことやよくないことを引き寄せます。

たとえ小さなことでも、ちょっとした満足感があれば、そこに焦点をあてることで、辛い生活の中にも、幸せを感じられることがわかります。自分には何もないと思うのは、物質社会に焦点を合わせすぎているからかもしれません。

本当に大切なことは、愛情と結びついたものであり、肉体の心が選ぶものではありません。人生で本当に成功したいなら、愛情を持つことです。愛情のあるところには、人が集まり始めます。

人は恋をし、楽しい気持ちでいると、多少嫌なことが起きても受け流すことができます。

あなたの心の状態を恋するような高い波動にすることで、低波動の時とは異なり目に映るすべてが輝いて見えます。

また、このような高い波動でいると、楽しいことにすぐに反応することができます。

マイナスの波動でいると、よいことや楽しいことに素直に反応できなくて、たとえよい

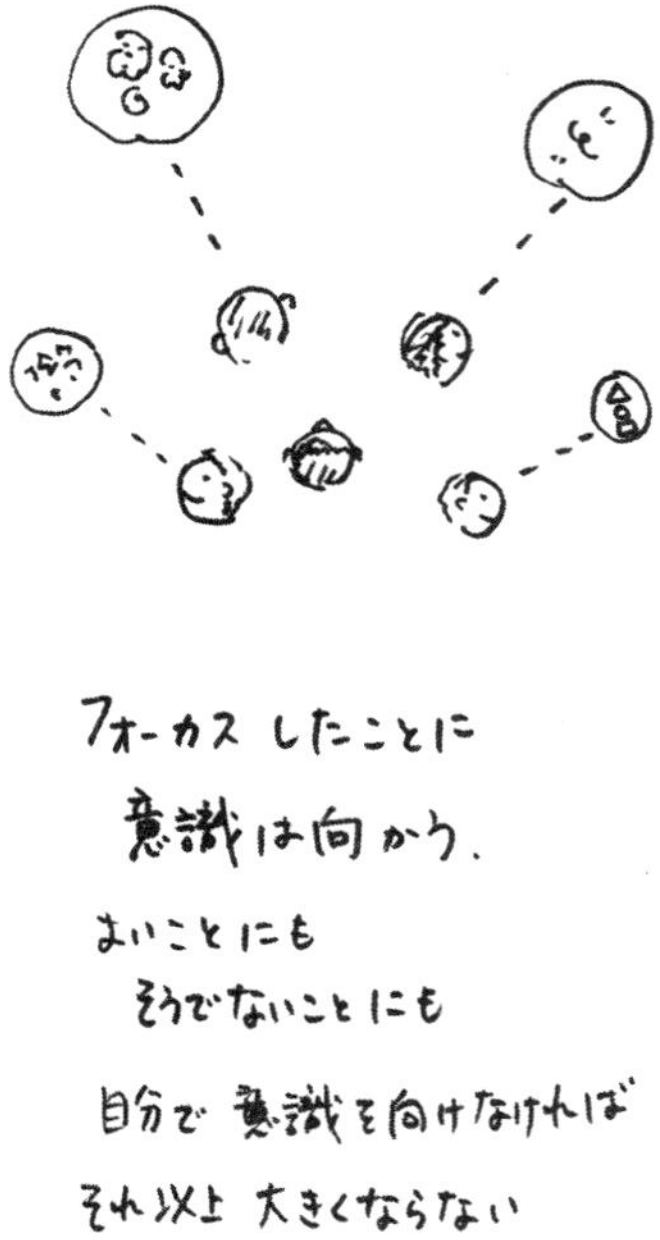
フォーカスしたことに
意識は向かう。
よいことにも
そうでないことにも
自分で意識を向けなければ
それ以上 大きくならない

ことがあなたの前に現れても、しっかり感じたり受け入れることができずに通過してしまいます。

時間を忘れて好きなことに没頭したり、気持ちがよくなる音楽を聴いたり、体を気持ちのよい状態にさせたり、心を許せる人たちの輪の中で会話を楽しむなど人とのふれあいによって満たされることもあります。明るい気持ちになることや、活力を感じるなどの高い波動で自分自身を満たすことで、心は癒されリラックスします。

障害を持つ子供

障害を持つ子供を持った親は、「自分の何が悪くてこうなってしまったのか」と、悲しむことがあります。ですが、障害を持つという選択も学びの上では大切なことであり、何度も繰り返す転生の一回を、そのような経験をすると決めてきていることがあります。

そして、障害を持った子供の親も、その人生を魂の上では納得して受け入れているのです。

そのような苦労は、誰でもができることではありません。親も子もすでに霊的にも高く、その苦労に耐えられる人です。この人生を送ることで、さらに霊性が上がります。苦労をすることを受け入れて生まれてきた、勇敢な魂でもあります。

輝く細胞たち

わたしたちは、見た目に一喜一憂することがありますが、生まれてくる前に、遺伝的なことさえも受け入れた上で誕生しています。

この与えられた体も、あなたが成し遂げたいと決めたテーマのために選んできました。

今の体を否定し、嫌だと思い続けていると不調がきて、見た目よりも健康が一番だと知らされることになります。逆に**体に感謝していると、細胞たちがさらによい体にしてくれます。**

守護霊という、あなたと同等の霊性を持った霊が誰にも必ずついていますが、他にも指導霊といって、あなたを守りひらめきを与えながら、共に存在する霊が複数ついている場合もあります。この指導霊は、あなたの環境や想いの変化により変わることがあります。あなたを助けるのにふさわしい霊が担当するためです。

あちらの世界からこちらを見ると、霊的にきれいな人は、大きな光となって輝いて見えます。魂としての心の美しさは大きな輝きとなって、霊界からの目にもとまります。そのため宇宙からも応援されて、さらに輝きが増すのかもしれません。

あちらの世界から見ても、活動を応援したくなるほどの大きな魂を持つ人には、数人から数十人の指導霊がいるそうです。

あなたを決めつけない

わたしたちは、よく自分自身に制限を設けます。「この年だからできません」とか「わたしは頑固だから無理です」という人もいます。

また、いつもこうだから今度もダメに違いないと、始める前からあきらめていることがあります。

主婦であるFさんは何かにつけて批判的で、褒めるということをしませんでした。家庭はいつもぎすぎすして、おじいさんと夫と二人の息子とFさんの五人家族ですが、このうち働いているのは息子一人で、四人はほとんどの時間を家で過ごしていました。

また、全員がいろいろな体の不調を持っていました。

これではいけないと思ったFさんの、心の持ち方が変わっていきました。始めは、自分は家族の犠牲者だと考えていて感謝の気持ちすらありませんでしたが、少しずつ、家族に「ありがとう」と声をかけるようになりました。

以前は明るい家庭だったのです。まずFさんが変わり、一年後には夫ともう一人の息子が仕事を始めました。いつも誰かが病院にかかっていましたが、ほとんどその必要もないほど、健康になりました。

これまでばらばらだった家族が、時には一緒に出掛けるようになりました。三年の間にそれぞれがすっかり別人のようになり、生き生きと笑顔で生活しています。

ここまで改善するには、Fさんの努力がありました。幸いFさんは、霊的真理や宇宙の法則を知る度に「その通り」と、すでに知っていたことを思い出すように感じていました。

そして、今経験しているのも何かの意味があることで、何かを変えることで自分も変わりたいと思っていました。

わたしたちは自由な存在で、何を考え、どう生きるかは皆違います。この家族は世間の目を気にし過ぎて自由を失っていたのです。「～しなければいけない」にとらわれていました。

本来のあなたを生きるには、まず人に望まれるままに我慢しながら生きることをやめることです。自己責任と知り、自分のしたいように生きることです。この家族も周りに流されながら、周りのせいにして自分ではどうしようもないと思っていたのです。

同じことをしていても、誰かにやらされているのと、自発的にしているのでは違います。

「したいからする」と、考え方を変えました。

最悪を経験したことで、あとは上昇しかないことを知りました。最悪と思ったことは人

生の糧になり、心が目覚めるきっかけになったのです。

どうしようもないと思っていたことは、自分が考える小さな枠の中でのことで、そのこだわりを手放すことで、他の方法もあることを知りました。

こだわりや執着は、自分が作ったものです。

もうどうにでもなっていい、と思った時に手放すことができたのです。

もし、何かを「仕方がない」と思ったら、それはあなたが受け入れたことになります。

なぜこうなったのだろうと考えたなら、必ず出口が見えてきます。

スピリチュアルヒーリングを通して知った治療法

わたしは、これまでにスピリチュアルヒーリングを通じて、なぜ治らない病気があるのか、なぜ生老病死があるのかを、すべてではありませんが知ることになりました。

それと並行して、なぜ医者でも治らない病気がスピリチュアルヒーリングにより治ることがあるのかを知り始めました。

この治療は世界中でなされていますが、霊的真理とエネルギーを伝えることで心と体を元気にしていきます。真理は遥か以前から、わたしたち人類の本質を知るものとしてとらえられていました。真理とはだれもが持っている真心や叡智のことです。

こちらの世界に生まれ、物質社会に生きることで、真理から離れていくこともたくさんありますが、それは誰でも必要な時に、心を通じて知らされ気づかされるようです。

スピリチュアルヒーリングは、薬などは使わないエネルギーだけを使った治療です。多くの人はこれまで治らなかった病から解放され、心が元気になることで前向きに生活できるようになります。

代替医療の中では最高の治療法と言われ、**他のどの治療法とも異なる点は、この治療が病気の原因にまで働きかけることで、「心が気づく」という段階まで達することです。**そのため、もうそのような病気の原因をつくることがなくなり、その病気が再発することがなくなります。

また、この治療では、治療家自身のエネルギーではなく、宇宙と同調することでエネルギーを受信し、患者の波動と同調することで送り届けるものです。

宇宙からの治療エネルギーは、いったん治療家の体を通過して波動が下げられ、そのエネルギーが患者の体内に流れ、患者の心や全身に行きわたります。

治癒力は、物質的なものではありません。始めは非物質的なものが、ある段階で物質的な力に変換されます。ほとんどの人には見ることはできません。

スピリチュアルヒーリングで最も重要なのは、誰かのためになりたいと願う奉仕的感情です。

ヒーラー自身も、向上心をもつことでさらによいエネルギーが届けられるようです。わたしも永遠に成長途中ですが、向上することを常に願っています。

治療は法則に基づいている

わたしは、子供の頃から薬や注射が合わずに、治療を受けても副作用でひどくなることがたびたびありました。病院に行くのは嫌いではありませんでしたが、なぜ治らないのかと子供ながらに思っていました。

わたしがこの治療を始めた頃、一つだけ不安がありました。「この治療を誰にでも行ってよいのか」というものです。患者の病気がわたしに移るのではないか、または、わたしが病気を持っていたら移してしまうのではないかということです。でも心配は無用でした。

宇宙のエネルギーは必要なところに必要なだけしか流れないからです。わたしたちの想像を超えたエネルギーが働きます。

ただ、何か月も治らない病気を持った患者の治療のことを考えているわたしに、その人の持つ痛みや感情を教えてくれたことがありました。

わたしも患者の病と同じ部分が痛くなり、どこがどのように痛むのか、原因は何だったのかを知らされました。

ヒーリング能力とは誰もがもつ「癒やしの力」

宇宙のエネルギーを受け取り、送ることができることを知ったわたしは、さまざまな場所でエネルギーを降ろす練習をしました。

何人かの仲間が集まっている時には、仲間たちはすぐに機嫌がよくなり、笑いだし、楽しい話をしてくつろぎました。

お年寄りにエネルギーを送ると、今日のように元気なのは不思議なくらいだと言って、いつもはゆっくりとしか動けないのに、飛び上がるように立ち上がったりもしました。

多くの人は、わたしに会う日はとても元気で、手や足に心地よいしびれのような感覚を持つと言います。

でも、本当はわたしがエネルギーを降ろすというよりは、**宇宙エネルギーが必要なところに必要なだけ降ろされている**のだと思います。

最初、わたしは気功家だと思っていました。スプーンを曲げ、雲を消し、作ったりもしました。植物とエネルギーの交換もしました。

書店には不思議に思える能力を持つ人のことが書いてある本があり、中には信じられないこともありましたが気になって考えているうちに、わたしにもよく似た出来事が起きて、それらを信じずにはいられませんでした。

わたしたちの生命力ともなる宇宙エネルギーとは、どこにでもあふれていて、わたしたちがごく自然に受け取っているものでもあります。

お母さんが「痛いの痛いの飛んでいけ」と祈ることや、大切な人に「どうぞよくなってね」と祈ることで自然と送られていることもあるでしょう。

誰かを癒やすことは、わたしたちの誰もが持っている能力でもあります。それを、わたしは強い想いの力で意識的に行っていると言えるかもしれません。

エネルギーを受け取った患者はまず、体が元気になり、そして心が元気になることで生

活を改善することができます。

そして、注がれた新たなエネルギーにより、体が本来持っている自己免疫力が働き、自分自身で治し始めます。

また、高波動のエネルギーにより、患者自身の波動が上がり、これまで持っていた低波動の悩みや不安とは引き合うことがないため、低波動の問題が解消し、さらによい情報や出会いに恵まれます。

波動を送られた人は、周りの人たちがよくしてくれたとか、よい出来事が起きたと言います。

治療により、われわれが想像するあらゆることにおいて改善がなされていることがわかります。

そのためには、受け入れ側の心の持ち方も大切です。向上する努力のあるところには、エネルギーは無限に届けられるからです。

そのため、煩《わずら》わしいことやうまくいかないことについては少しの間考えることをやめ、心が落ち着くことや、心が楽しいと思うことを選んで生活してもらいます。

これらが、スピリチュアルヒーリングの成功を促す最大の要因になります。

病気をつくったあなたには治す能力もある

病気とは、あなたの心の偏りを知らせるために、あなたによってつくられたものです。

あなたがつくった病は、あなたが治すことができます。

これまで「医者にしか治せない」と思っていたのは、固定観念であり思い込みでした。

「医者にも治せない病気は、誰にも治せないはずだから、わたしは一生治らない」という、考え方のパターンを作ってしまいました。

「わたしにはこんなすごい病気をつくることができたのだから、それを治す力も備わっているはずだ」と思いませんか。それこそが忘れかけていたわたしたち本来の素晴らしい力なのです。

病には、必ず原因となった出来事があります。その原因に心当たりはないか、自分勝手な考え方で不調和を生みはしなかったか、その原因を知り、自分自身であなたが精神面から変わることができれば病気の原因が消え、あなたはその病気から解放され二度と再発することがなくなります。

そうか、自分でつくっていたのかと感じた人は、もう治っていい人です。

しばらくの間、物質界の誘惑から離れ、自分一人の時間を持つことで、自然と潜在意識があなたの心に働きかけます。あなたが強すぎる肉体の心でふたをしてしまわない限り、あなたは自然に治癒していくはずです。

深呼吸をして、ぼんやりと風景を眺めている時や散歩をしている時、または瞑想をしている時、あなたは本来のあなたに近づきます。マラソン、掃除、靴磨き、料理などを無心にしている時も、心は解放され本来のあなたに近づく手伝いをします。明るい気持ちになることや活力を感じること、リラックスして心地よい刺激や高揚感を味わうことであなたのエネルギーは満たされていきます。

病気で心が一つになった

何らかの理由で病気を自分でつくってしまったことが信じられる人は、なぜ病気をつくってしまったのかを自分で探し当て、それに気づき始めます。

これまで自由気ままに趣味を楽しみながら専業主婦をしていたTさんは、病気で入院して初めて、これまで当たり前のように思っていた自由な生活は家族や夫のおかげだったと、心の底から思うことができました。

子供たちもすでに独立し、家族のためにもう十分に尽くしたという気持ちから、自分中心に振る舞ってきました。

「病気は自分でつくったのですよ」そのことばが心に響きました。そして気づきがもたらされたのです。幸い、感謝の気持ちが手術後の回復を早め、病を克服することができました。

ご主人は、妻の病を自分のことのように受け止め、できることなら代わってあげたいと思いました。そして、一緒に力を合わせて治ることができました。

他人の想いを共感することで、人は成長します。

このように、大切な人が病になることで、病気になった人も看病をする家族も精神的に大いに目覚め、家族を愛する想いはわたしたちを魂から変えていく力を生みます。

五章　認知症を知る

認知症になった理由

わたしたちは、物質界であるこの世で目に見えるものがすべてであると勘違いしてしまうことがあります。すると、物質や生きることへの執着のため、この世を離れたくないと思うのです。

そこで、亡くなるまでにその思いを整理し、この世に思い残すことがないようにあちらの世界に移行しやすい意識に変える必要があります。あちらからの使者である天使たちも、嫌がる人を無理やりにあちらの世界に連れていくことはできません。

本来寿命がきたなら、「そろそろお迎えが来るからあの世へ還ろう」という思いで自ら旅立つことが望まれますが、もし頑固に「絶対あの世には還りません」とか「もう少し待ってください」と拒んだなら、霊界とこの世の間で、肉体を持たない存在として生きていくことになるかもしれません。

わたしたちは皆、あの世から生まれて来ました。亡くなったらあの世に還り、次なる人生を送るためにいつかまた生まれて来ます。たとえ人生の目標が達成できなかったとしても、やり残した大切なことがあったとしても、この人生ではタイムオーバーです。そのことは、わたしたちの魂がすでに知っていることです。

自分自身が抱えているマイナスの感情が大きくなりすぎた時、それらを消し去り、心を楽にする必要があります。そのために、苦悩や悲しみ、耐えられない痛みなどが強まると、自分で心にふたをしてしまうことがあるのです。すると、心は自由を失い進むことができなくなってしまいます。

わたしたちは眠っている間や、ゆったりとした気持ちでいる時にはいつでも潜在意識が活発になり、つくってしまった小さなわだかまりや、問題を解決するためのひらめきなどを与えられ、いつの間にか、頑《かたく》なな心を開くことができたり、誰かを許し、許されたりしています。すると心につくったふたは外され、元の自由な心に戻ります。

歳を重ねて、「あの人は丸くなった」とか、「昔はどうしようもなく頑固だったのに」と聞くことがありますが、そのような性格に気づきがもたらされていたなら、心も体も元気になっているはずです。

でも、自分でつくり出したマイナスの思いが消せないほど大きくなってしまったなら、心も体も不自由になっていきます。その心を軽くして、霊界にスムーズに還るために、人が本来持っている機能である「忘れること」により執着心を手放し、眠っている間に何度も霊界を訪れ、学びを得ることで自らがあの世に還る準備をしていることがあります。

眠りはクスリ
潜在いしきとつながって
寝ているだけで
解決していく
重たい心ではそれができない。
かるい心
重たい心
重たい心のほとんどは
とりこし苦労や不安

認知症になっても魂の記憶は消えない

わたしたちの記憶は、たとえ認知症になっても魂の中から消えることはありません。認知症になり記憶がなくなっても、あの世ですべてを振り返る時には、優しく見送ってくれた家族の思いやりや、大切なワンシーンもちゃんと出てくるのです。たとえこの世での記憶が途切れても、あなたの記憶は魂に蓄積され、あなたの魂はどんなことも、あなたが忘れていることであっても忘れてしまうことはありません。

望まないことは引き寄せない

わたしたちは、想像したことを創造するという素晴らしい能力を持っています。今のような時代を創造したのも、わたしたちがよりよいものや、より便利なものを望み想像したからです。

ある時わたしたちは、老後の姿をリアルに想像して引き寄せてしまいました。

「もう何もしたくない。歳が来たら退職して、煩わしい日常のことは誰かにやってもらおう。やがて孫の顔でも見たら、親たちがそうであったように年老いて病気になり、あの世に行こう」このような思いが引き寄せをしたのです。

「そして認知症になって、世話をしてもらう心苦しさや恥ずかしさを忘れ、お迎えが来るまでのしばらくの間は誰かに世話をしてもらい、家族の負担は最小限にしよう。施設に入るのもいい。ちょうど退職金や貯金があるから、それを使いながらお迎えを待とう」

さらに用意のいい人は、貯金の金額と看病してもらう期間を計算して、「数年は施設に入っても大丈夫だから、その後は貯金がなくなる前に早く死んでしまおう」とまで考えます。

わたしの周りにも、そのようなことをとてもリアルに考え、引き寄せた人がいます。

お勧めしたいのは、**人生の最後に望まない結末を想像する代わりに、新しい意識で本当にあなたが望む明日を設計することです。**

こう考えたらどうでしょう。

「世の中には、いくつになっても元気な人はたくさんいる。わたしも健康を保って、いつも前向きで周りが驚くほど若々しくいよう。そして何事にも挑戦して、この人生は好きなことをしながらお迎えが来るぎりぎりまで大いに楽しもう。病気にならないように、否定的な考えを持つことはやめよう。そしていつお迎えが来てもいいように、毎日を心残り

がないように生きよう」

病院で検査をして、あと五年の命だと言われた人がいます。その時は愕然として、「何かの間違いだ」と思いました。でも、そのうち「あと五年の命なら何をしようか」と真剣に考え、明日死んでも悔いがないように生きよう、そう考えることで本当にしたいことが見えてきたと言います。その後の検査でそれは間違いだったことを知り、さらに驚きましたが、「生きる」ことに対する真剣さが大いに変わったようです。

わたしたちは、つい毎日をおろそかにしてしまい、期限がないと真剣に生きようとしないことがあります。

わたしたちは、ある程度の寿命を決めて生まれてきますが、それがいつなのかは知らされません。ですから、いつこの人生が終わってもいいように、悔いのない毎日を送ることが大切です。

悔いのない人生を送る

もし、明日までの命なら何をしますか？

人はよく、「死ぬまでにはあれをしたい、これをしたい」と言うことがありますが、それならば、今それをしてもよいのです。今してしまったら次にまた、したいことが出てきます。

人は同じ波動で毎日同じようなことを考え、同じパターンで行動しているためにそこに気づかずに人生を堂々巡りしていることがあります。目線を変えてみると違うことが見えてくるように、今そのしたいことをしてしまえば、何かが違って見えてきます。

もし、家族とうまくいっていないことが重荷になっているなら、いつかではなく今仲直りを実行に移すこともできます。そのことにより未来は変わり、心も軽くなり不要な病気を作ることもありません。

もし、新しい趣味を持ちたいとずっと思っていたなら、それを今始めてもいいのです。始めることで、世界が変わるほど影響を受けるかもしれません。面白くなければすぐにやめることで、これから先もその趣味をしてみたかったと思い続けずにすみます。また、新たなことに目が向きます。

何もしないでいると、心にも体にもエネルギーが滞ります。何かをしていることは、エネルギーが循環し続けていることです。

「八十を過ぎてそろそろ嫁に何もかも任そうと思います」と言われました。

「自分のことはまだ自分でできるのではないですか。洗濯も掃除もできる時にしたらどうですか。何もしなくなったら、本当に何もできなくなってしまいますよ。人はそのようにできているのです。今は気が弱くなっているかもしれませんが、あなたがしなければいけないと思わないことです。家事は、元気だからこそさせてもらっていると思って、したい時にしたらどうですか。何でも自分でできる元気な体に感謝すると、もっとよい体にな

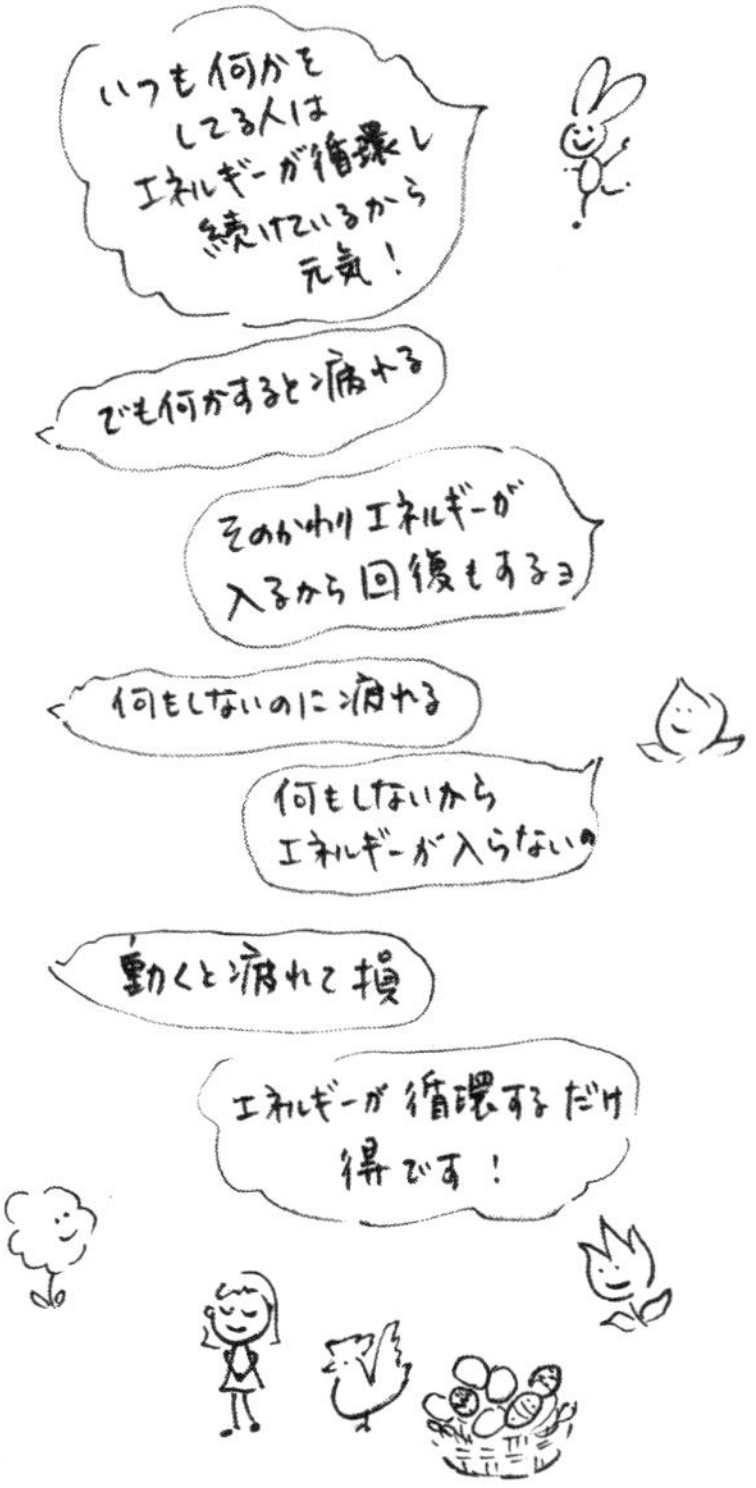

りますよ」

その後五年が経ちますが、この女性は自分が家事をすることが嫌ではなく、むしろできることをさせてもらっていることに感謝して毎日を送っています。大好きな料理も家族の分まで作り、買い物の重い荷物も自分で運びます。そして、若々しく人生を楽しんでいます。

人生を大いに楽しんだ人が、ふと振り返るとお迎えが来てもおかしくない年齢になり、「こんな人生でよかったのかな」と自分自身を思うことがあります。

「わたしたちはなぜ、この世に生まれたのか」、「病気にならないためには、どう生きればいいのか」を知ることで、人生に大いに役立てることができます。

認知症になった人たち

わたしたちの心は、肉体の心（物質に焦点をおいた今世限りの心）と、潜在意識の心（愛や霊的心である魂）という、二つの心で成り立っています。

この人生を送る上で、物質的なものに焦点を合わせすぎてしまうと、肉体の心である「今世の心」が大きくなり、「潜在意識の心」が活動する余裕がなくなってしまいます。

心は、あなたに必要な霊的知識を送ろうとしますが、そこにふたをしている場合や、すでに肉体の心で一杯になり、入る余裕がない場合は霊的知識を受け取ることができません。

そろそろ霊界に還る準備をしなければいけないという時に、霊的な心を閉ざしていては、準備をすることができなくなります。

また、死に対する不安や恐怖が強すぎると、霊界に還ることに驚いたり、拒んだりすることにもなりかねません。

そのようなことを避けるために、あちらの世界に還る準備期間を設けることで、心の負担をなくし、自らが自分の意思で移行することができるようになります。

時には記憶を消し、純粋な赤ちゃんのような心に戻ることで、あちらの世界に還る準備をする必要があるのです。

あちらに還ることに素直であれば、スムーズに還ることができます。

ですが、この物質界から離れることを拒否する思いが強いと、まず誰よりもあなたのことを知り、愛する守護霊や天使たちが、あなたにそれではいけないことを伝えようとします。

病気や困難でも気づかなかったあなたに静かな時間を提供し、現実から離し、本来の純粋な心に戻すことでこれまで閉ざしていた心を開きます。

また、**眠っている間に潜在意識としっかりつながることで、あちらに還る準備をすることができます。これも、霊界にスムーズに移行するためです。**

ある女性は家族を愛するあまり、死んで自分だけがこの世からいなくなることを受け入れることができませんでした。でも認知症になることで、そのような執着を忘れ穏やかに亡くなりました。

またある女性は、誰よりも息子を愛し心配していました。元気な間はほとんど会う時間もありませんでしたが、認知症で施設に入ってからはたびたび息子が訪れ、会うといつも喜びました。息子もこれまで会えなかった時間を埋めることができ、母への恩返しができました。短い時間でしたが、お互いにとって必要な時間でした。

本当は愛する家族と仲良くしたいのに、会うとうまく話せずに余計にかみ合わなくなって互いに理解し合えない家族がいます。そんな心を消し去り、本来の愛情のある優しい家族として接するために記憶を遠のかせ、認知症になることで絆を取り戻す時間を作る場合があります。これまで他のことを優先にしてきた家族が、埋め合わせの時間を持ちます。そして家族にも愛情が通じて、心の成長がもたらされます。

ある男性は「こうしなければならない」という思いを人一倍強く持っていました。妻も「夫の言う通りにしなければならない」と思い、自分の楽しみも犠牲にしていました。そのうち、二人とも認知症になりました。

ある男性は資産家であり、お金への執着が強くいつまでも遺産のことを気にしていました。その思いを手放すために記憶を失い、認知症になりました。

このように、この世に強い執着心を持っていると、あちらへの移行がスムーズにいかないので、その思いを和らげるために認知症になることがあります。もちろん認知症にならずにパッとあちらの世界に還る人もいます。この世に執着を残していない人です。そして、また生まれ変わって来ることを知っている人です。

ある男性は、必要なところにはお金を使い、家族や周りのことには必要以上に関わらないで自分の人生を楽しんでいました。老後は畑仕事をしていましたが、ある日、お風呂に入ってそのまま亡くなりました。

わたしたちは、大きな流れの中の一部としてこの人生を送っていて、死は肉体の流れの一区切りです。この世で持てなかったものやできなかった経験は、来世で手にすることができます。または、前世ですでに手にしていたかもしれません。この世でそれを手にしていないのは、今回の人生の中では必要がないのかもしれません。

死にたくない理由

死にたくない理由に、家のお墓や仏壇に入りたくない人もあるようです。わたしたちは、亡くなってもあの世である「光の世界」に還り、あちらでの生活を続けます。この世のどこかにずっといるわけではありません。

お墓におばけが出るというのは、光の世界のことを知らずに死んだ霊が、誰かに言われた通りにお墓にいて成仏できないためです。あなたが選ばなければそのような霊になることはありえません。この世への執着を捨て、光に向かって進むと、あなたは行くべき世界に導かれます。どんなに素晴らしいお墓であっても、そこに居続ける必要はありません。

地獄に落ちるのが怖くて死にたくない人もいます。ですが、地獄に閻魔様がいるというのは想像の世界でのことです。あの世ではこの世と違い、自分と同じ霊性（魂の持つ意識の高さ）を持った霊としか一緒にいられませんから、あなたが人を傷つける人なら、そのような霊に囲まれて生活することになり、あなたが優しく思いやりのある人なら、そのような霊と共に生活するのです。周りは自分を映す鏡でもありますから、今あなたの周りの状態を見ることで、あなたが行く世界をだいたい知ることができます。

環境や食べ物がわたしたちを守る

認知症になった理由は、皆それぞれ異なります。

これまでに挙げた他にも、さまざまな理由が考えられます。生まれて来る時からこの経験をすると決めてきた人もあります。また、環境汚染や食による影響もあるかもしれません。

認知症を引き起こしている原因には、食べ物による影響も関わっています。わたしたちは、この環境で生き抜くため、自らの抵抗力により体に入ったものをある程度は浄化していますが、それにも限界があります。環境汚染をなくして、体に安全な食べ物や、みんなが安全なものを口にすることができるように、知識を得ることから始める必要があります。

これからのわたしたちにできること

認知症は、物質界であるこの世から霊界にスムーズに移行するためのステップであり、悲しい出来事ではない場合がほとんどです。

認知症になった人たちは、いつでも霊界に還り違う次元を生きています。悲しいとは、そのことを知らないわたしたちが感じるだけのことです。

わたしたちは、すでに認知症を通して多くを知りました。**わたしたちができることは、いつあの世に行ってもいいように、この人生に悔いを残さない生き方をすることです。**

必要以上に思い悩むことはもうやめましょう。悩みは、心や体の自由を奪い動けなくするだけです。

心と体に最もよい効果を発揮するには、明るく前向きにワクワクしながら日々を送ることです。そのことで心の壁を開放することができ、潜在意識とつながります。そしてどこに焦点を合わせて人生を楽しむかを決めることができます。

ワクワクの波動は、あなたを心から元気にして復活させる波動です。波動が上がることであなた自身が浄化され、辛いことよりも楽しいことや幸せを感じることが増えていきます。身体の細胞までもが活発なものに変わり、あなたに健康な心と身体をもたらします。

これには、年齢は関係ありません。

ハワイのお葬式

間違った死生観は、生まれてからこの世で受け取ったものです。外国から入って来るあらゆる国の常識や習慣、そして、若者たちの持つ新しい考え方などがこれまでの常識を変化させていきます。あなたも心の枠を外して、あなたらしく変わっていいのです。

ある種族では、お葬式で「おめでとう」という習慣があります。長い魂の旅の一ページを終え、あちらに還る時に「よく頑張ったね。おめでとう」と言って、お祭りをして祝います。

これも習慣の違いです。

ハワイのお葬式では、皆があまり形式にこだわらずに色とりどりのアロハやムームーを着ています。短パンやサンダル姿もあります。そして故人を思い出して、泣いたり笑ったり、自由に振る舞います。ハワイでは亡くなった人のことを悲しむよりも、新たな旅立ちを祝う気持ちの方が強いのです。

悲しみの中には、大切な人を失った寂しさや、残された者への心配や哀れみ、故人の霊界での生活の心配、力になれなかった自分の後悔などがあるかもしれません。そのどれかが解消していけば、死に対する悲しみも小さくなっていくことでしょう。

固定観念は、ある地域だけに通用することや、家族にだけ通用することなど、狭い範囲での考え方です。「こうあるべき」という判断基準は、立場を変えるとその基準も変わります。あなたの考え方も、あなたに合うものに変えて活きいきとあなたを生きていいのです。

わたしたちは、わたしたちが思う以上に素晴らしい存在です。自分の心にふたをすることも外すことも、あなた次第です。

霊界には、認知症になった人たちに、対処してくれる霊たちもいます。「生きている間に霊界についての正しい知識を持っていたらとても助かる」と伝えてきます。**眠っている間には、誰もが亡くなるための心の準備をすることで自然とあちらの世界に移行できるようになっています。**

この時間は、認知症になった本人だけでなく、家族にとっても必要な時間であることが多いのです。

家族や身近にいる人たちは、同じような死生観を持っていることがよくあります。ですから、認知症の家族を持ち、この経験を活かすことはその家族全体の意識に関わる出来事でもあります。

また、意識を通して、わたしたちは同じ問題を共有していますから、知識を持つことで認知症が減っていきます。宇宙では時間も空間も関係なく、ただその問題が解決することで、その問題は終わります。わたしたちの意識が変わることで、認知症という現実を引き寄せなくなります。

このように、認知症患者の家族にも死は終わりではなく、むしろ次なるステージへの始まりであることや、霊的真理を知ってもらうことが霊界の意図するところでもあり、わたしたち皆の病気や認知症を減らしていく未来につながります。

認知症が教えてくれた大切なこと

認知症の介護をしながら、「死んだらどこへ行くのだろう」「わたしも意識がなくなって誰かの世話になって死んでいくに違いない」そんなことばを聞くことがあります。

一番よくないことはそのようにいいながら、認知症になった未来の自分を想像して引き寄せてしまうことです。

「認知症になっている人たちの多くは、手放せない執着心によりなったのだから、この世に執着を残さずに生きよう」と思えば、あなたの悩みは解決に向かいます。

わたしたちはよく「早く引退して楽になりたい」とか、「誰かに世話をしてもらって何もしないで暮らしたい」と言います。人は何もしなくなったら下降していくだけです。心からは灯が消え、筋肉は衰え始めます。身体は動くことをやめるとすぐに動けなくなります。

人は、いつでも自分や誰かのために生きることで健全に生かされています。

「何もすることがないから何もしない」という人もいます。これまでは子供や孫のことで忙しくしていたのに、その必要がなくなったためです。ですが、家族のためではなくても何かをしようと思えばいくらでもできることがあります。動物にも植物にも、愛情をかけながら生活できます。自分のために何かをすることも大切です。そうしているうちに、心も身体も元気になっていくのです。

認知症という病は、このことをわたしたちに教えてくれています。**本来わたしたちは「物質」中心ではなく、「愛」中心に生きるものです。死んであちらに持っていけるものは生きている間に積んだ愛だけです。**

わたしたちが知識を持てば、未来は変わります。もっと自分を信じていいのです。想いは形になり、思った通りの現実を引き寄せるのですから。

六章　祈り

テレパシーで相手に伝える

わたしたちが送り出した感情は、ほとんどの場合、相手に届いています。送った気持ちが瞬時に大切な人に届き、ちょうど思っていた人から連絡が来たことはないでしょうか。以心伝心と言われるように波動はそばにいても、遠くにいても、距離とは関係なく届きます。

わたしたちの想いは空間を越え、波動となって必要なところへ届きます。これはわたしたちが皆スピリチュアル的な存在であり、意識の中ですでにつながっているからでもあります。

遠隔治療という治療がありますが、地球の裏側までもエネルギーは届きます。

遠隔でエネルギーを送ると、感度のよい人は波動の変化にすぐに気づき、「今治療が始まったことがすぐにわかりました」と言われることがあります。

急を要する治療の時には、始まりを伝えずにエネルギーを送ることがありますが、患者のそばにいた家族から「隣にいただけで体が温かくなりました」と言われることがあります。

患者に送ったエネルギーが、そばにいる人にも届きあふれたエネルギーを受け取っているからです。

また、遠隔のエネルギーは、送ってすぐその時に届く場合もあれば、タイミングを計って都合のよい時に届く場合もあります。

こちらが送った時間に用事をしていて待ち構えていられない時や、その時緊張していてうまく届かない場合は、こちらが送ったエネルギーは受け取る側が最も受け取りやすい時間に届きます。そのため、夜眠っている間によくなっていることが多いのです。

これと同じように、意思が通じにくい人や、面と向かって話せない人に気持ちを送ることができます。

人に言えない悩みで苦しんでいるのなら、心から詫びることで消えていきます。相手がいたならその相手のことを思い、「ごめんなさい」という気持ちを送ることで消えていきます。

自分に対しての許せない思いがあるのなら、自分に謝り「これからは自分を喜ばせる生き方をしますから許してね」と**自分に謝ることで、新しい一歩を踏み出すことができます。**

シンプルな方法ですが、魔法のようにあなたを本来のあなたに近づけます。心からの祈りは、必ず通じます。

許せぬ思いを抱え、誰にも言えぬまま寝たきりになった女性がいました。この人はある人のことを「絶対許しません」と言って、しばらくして認知症になりました。苦しいなら許してもいいのです。**あなたに許可を与えるのは、あなた自身です。思いは力を持ち、体の中であなたを苦しめる化学物質を作り出します。あなたの心を戻そうと、愛のエネルギーを注いでいるのです。想いを変えることであなたが変わり、現実が変わります。**

想いを相手に伝えるには、静かな場所で手紙を読むように、心を込めて気持ちを送ります。場所はどこからでもかまいません。相手の姿をイメージして気持ちを伝えます。たとえば、「あなたとは意見が食い違うこともありますが、わたしはあなたに対して敵対した感情を持ってはいません。勘違いしないでください。この問題があなたにも、わたしにも皆にとっても一番よい方法で解決することを願っています」というように、解決したいという気持ちをしっかりと相手に送るのです。こうすることで今後、あなたがモヤモヤし続けることも、相手からのマイナスの想いを受けることもなくなります。

この問題には、あなたや相手の守護霊が関わり、頭で考えた答えよりもはるかによい、最良の方法で解決してくれるはずです。

手術の前に祈りの時間を持った医者は、祈らなかった時よりも成功率が高かったと言います。もし、科学者と医師と霊能者が共に研究をすることができたら、どんなに素晴らしいことかと思います。

完全治癒をするには、病気の原因を解消する以外ありません。また、エネルギーシステムに目を向けることで、再発しない治療が進められるでしょう。患者の心と医者の心が治療のための大きな力を生み出すはずです。

日常の生活の中にも、今日の社会から失われてしまっているように見える、心の大切さが重要視され真理を知ることで、わたしたちは心の平安を取り戻し始めます。

見えない世界への知識を持ち治療にあたることで、日本中、世界中で最良の結果を生むことになります。

Rさんは高校三年生で、卒業を控えていましたが、出席日数が足りず悩んでいました。学校は休みがちで、友達が迎えに来ても学校に行くことはありません。話し相手は母親だけで、ほとんどの時間を家の中で過ごしていましたが、何とか卒業させたいというのが母親の希望でした。

治療は遠隔で行いました。アトピー性皮膚炎や貧血もあり、とても痩せていました。

Rさんには友達もなく、いつもは学校に行くことを嫌がっていましたが、治療の数日後、やっと自分から学校に行きました。

すると、これまで声もかけられなかったのに、この日はクラスメートに話しかけられて、うれしかったと言います。翌日も学校に行きました。すると、先生が進路のことなどを丁寧に話してくれて、これも予想外だったと言うのです。実はみんなに嫌われているという勘違いがあって学校に行くことができなかったのです。

こうして気持ちが明るくなり、自信が出て卒業もできました。無事、大学にも合格しました。痩せていた身体も、少しずつ回復しているそうです。

治療の前にすでに治っていた

スピリチュアルヒーリングの前に、患者さんに向けて想いを送ることがあります。すると、治療の前の晩にとても心が安らいだとか、夢の中に大切な人が現れたという体験をされることがあります。

このように治療は、治療家の想いと受け取る側の想いがつながった時には、すでに始まっていて、わたしが患者さんに出会った時には、もう治っている場合があります。そうした時には、「確かに昨日までは痛かったのですが、今はなんともないのです」と言われます。

これらの場合は、すでに病気になった原因が消えていたため、生命エネルギーが届いただけで治ってしまったのです。

病気になるには原因があります。原因がなくならなければ、その病気は消えることはなく、手術などで患部を取り除いても、また再発することがあります。または他の病気になることもあります。

Dさんは、仕事上の悩みで夜もあまり眠れません。もともとあった膝の痛みは増し、営業の仕事なのに歩くことが苦痛でした。

そんな状態ですから失敗はするし上司には叱られ、仕事はうまくいかず辞めたいと思い詰めていました。妻子とは、自分が原因で別れて二年経ちます。養育費を送っていないことが気にかかると言います。

「離婚の原因が自分にあるのにもかかわらず、偉そうに振る舞い後悔しています。今思えば、あの頃は幸せだったのに、そのことに気づきもしないで勝手に生きていました。できるならあの頃に戻りたい」と、電話で話すDさんは、もう十分反省した様子でした。

でも、エネルギーが不足しているので、まず十分なエネルギーを遠隔で送りました。そして、元妻に今の気持ちを話して謝ることや、養育費もできるだけでいいから送り、気持ちを伝えることなどを助言しました。そして、なぜ病気になったのかなど、霊的真理の話をしました。

二度目の電話では、Dさんの心に感謝の気持ちが大きくなったことがわかりました。これまで出会った人や家族への感謝です。

そして、その時も遠隔治療と共に、この試練は霊的真理を伝えるための手段であることを話しました。

そして、三度目は直接お会いしました。Dさんは、始め痛い足を引きずるように歩いていました。

五分ほどすると用事で席を立ち、少ししてから普通に歩きながら戻ってきました。

「驚いたことに、今、膝の痛みがないのです。こんな不思議なことはありません」

すでに原因は解決し、膝痛である必要がなくなったのです。

その後、「自分にあった仕事に転職し、毎日を元気に送っています。できたら復縁も考えています」と、連絡をいただきました。


Dさんは、病により大切なことに気づいたためにすぐに治ったのです。われわれに気づきをもたらすために起きているのですから、心が気づいたら病は消えてしまいます。

心が病を作り出す

Rちゃんは高校生の頃から足の一部が腫れ、これまでに二度手術しました。
二十歳になり、また腫れがひどくなり歩くことが困難になりました。誰から見ても悩みはなく、本人にも思い当たることがないと言われました
まずは遠隔治療をして、様子をみることにしました。その後、数日間毎日、遠隔治療を

しましたが、残念ながら入院して再手術をすることになりました。一度話をしたいと思い、病院に会いに行きました。

二人になると、高校生の時に亡くなったお母さんの話をしてくれました。お母さんが入院中、Rちゃんに手伝いをしてほしいと頼んだそうです。でもその時は学校のことなどで忙しくて、「嫌だ!」と、ひどいことばを言ってしまいました。するとお母さんは、「弟に頼むからいいよ」と言って弟に手伝ってもらい、そのことをとても喜んだそうです。

その後、お母さんは体調を崩し一週間ほどで他界しました。

Rちゃんは、素直にお母さんと話せなかったことや、お母さんの最後の願いに応えられなかったことをこれまでずっと後悔していたのです。

話をしていると、お母さんからメッセージが入りました。「そんなことなんとも思ってなかったのよ。あなたを残して、この世を去ることになったけれど、あなたがこんなに成長してくれてうれしいわ。いつも見守っていますよ」というものでした。

そのことばを伝えると、Rちゃんは大粒の涙をこぼしてすぐに笑顔に戻りました。その顔は、先ほどとは変わって自信にあふれる元気な笑顔でした。

その夜、お母さんが夢に出てきたそうです。その姿は、お母さんが闘病中のものでした。

また数日後お母さんが夢に現れ、今度は笑顔でRちゃんを見つめていたそうです。今度は元気な姿だったそうです。

あちらの世界に帰ってからもしばらくの間は、必要な時にこちらの様子を知ることができます。

その後、手術をしたRちゃんの足はすっかりよくなり、あれから三年経ちますが再発することはありません。

人は、心の中に誰にも話せない想いを持っていることがあります。その想いは、癒されることがなければ、時間が止まったように心に居続け、体の調子を狂わせることがあります。

六十代のSさんは、右太ももに痛みがあります。病院へは行ったけれど原因がわからず、見た目も異常がないので治療のしようがなく、悩んでいると言います。

話の中で、「実は、わたしの母は足を切断したことがあります。同じ右足でした。母は、病気による切断でしたが、片足を失うことをとても悲しみました。今でもそのことを想うと悲しい気持ちになります」と言われました。

「あなたはお母様とは別な人間です。母を想うばかりに、自分のことのように痛みまで受け取ってはいけませんよ。それにもう、お母様が亡くなって何年も経つのです。お母様はあちらの世界に還って、その足も元の元気な足になって過ごされていますから、心配ありませんよ。あなたが元気に過ごすことで、お母様もあちらで安心して過ごすことができるのですよ」

Sさんは涙ぐみ、しばらく考えていました。帰る頃にはもう足の痛みは消えていました。

「母が、あちらで両足があることを知り安心しました。自分の思いが自分の足を痛くしていたなんて信じられませんが、今痛みが消えたということは、やはり自分で作り出した病だったのかもしれません」

人の想いには、不思議な作用があります。誰かのことを強く深く想うことで、自分の体がその影響を受けることがあるのです。Rちゃんも Sさんも、自分が病を作り出したのです。あちらの世界では、どんな病も重い体も楽になり、年齢さえ変えて生活することができます。**わたしたちの肉体はこの世でのみ使うものですから、あちらに行くと霊体だけで過ごします。ですから、痛みを感じることはもうありません。**

そのことを知ることで、死への不安はずっと軽くなるはずです。

繰り返される出来事にも訳がある

Aさんが勤める会社では、皆がばらばらでまとまらないと言います。上司は部下が育たないとこぼしています。

ある時Aさんは、仕事上の上司の間違いに気づき、そのことを上司に説明しました。上司は、自尊心の強い人なので言いにくかったのですが、今回は上司の二度目の間違いでもあるので、勇気を出して伝えようとしたのです。しかし上司は怒り、Aさんを叱りました。

Aさんは、他人に何かを言われても怒ることがありません。否定的なことを言われても、肯定的にしか受け取らないと決めているからです。

この日も、「上司の機嫌が悪かったのかな」くらいで受け流しました。しばらくすると、上司も普通に接してくれます。

ある時、同僚のBさんと上司が話していると口論になりました。

上司は、自分の方が偉いのだからと思い、Bさんは自分が正しいという気持ちが勝ってしまいました。

その後も、お互いに否定的な感情がぶつかりうまくいきません。

たとえ、誰かが否定的な意図をもってあなたに何かを言ったとしても、あなたが肯定的にしか受け取らないと決めていれば、二人が争うことはありません。

しかし、相手と同じステージでその意図を受けたなら、また争いになります。

この上司も、素直に自分の否を認めることができないために、何度も間違えるということを繰り返します。

物事がうまくいかないことには原因があり、体の流れがうまくいっていないのと同じです。その流れをスムーズにしていくことで会社は成功する会社になり、また、上司の身体も健康になっていきます。

自分に試された心

Nさんは、とても気の付く気配りがある六十代の男性ですが、心の中に怒りを持ち続けていました。

会社では、仕事のできない部下やさまざまなことに対してよく怒っていました。家に帰ると、家族にも怒っていました。

最近その怒りが収まってきたのは、相手の気持ちを考えるようになったからです。「なぜできない」という気持ちが、「できないのだから仕方がない、許そう」と思い始めました。すると、持病の心臓病と頭痛があったのに、体が楽になってきたのです。

人は誰かを許すことで、自分も許される人になります。

これまで、Nさんは行動やことば使いで誰かの気持ちを逆なでし、相手を苦しめる原因になったこともあります。知らないうちに誰かを怒らせたこともあるでしょう。でもある時に、この若者は昔の自分のようなもので未熟なだけだ、「許そう」と思いました。すると、心の中が穏やかに感じました。

体は小宇宙のようなものです。この体が宇宙であるとしたら、昔の自分のような誰かを攻撃することは、自分の細胞の一部を攻撃していることと同じです。自分を攻撃したためにその体を痛めていたのです。

そのことを知ったNさんは、怒りが来始めた時は「許そう」と決めました。自分の思いが病気を作り、悪化させていることがわかったからです。

いつも深呼吸をしては「許そう、許そう、許した」と心に念じます。すると本当に、許せた気がしてきたと言います。

寝る前にも同じことをします。すると、二週間を過ぎた頃から当たり前のように許している自分に気が付きました。ひと月もすると、怒る原因になることがやってこなくなりました。

Nさんは、許せないという気持ちを解消するために、試されていたのでした。もう許す人になったので、このテーマは終わりです。

霊的な心

ある時、瞑想をしていたわたしは、美しい光を見ました。黄金や青色の渦巻く光です。この世のものではない美しさに驚き、もう一度その光を見るために、一所懸命に瞑想をしました。

ずいぶんと経ってから、心がリラックスしていればもっと簡単に見られることを知りました。始めは、体が揺れていると感じるほどエネルギーが体に流れ、地震ではないかと間違えたほどでした。体力のなかったわたしでしたが、その後は少しずつエネルギーが強くなっていきました。

不思議なことも、次々と起こりました。霊的現象は、聖地などに行かないと起きないと思っていたので、家の寝室で起きる不思議体験には驚くことばかりでした。

霊的な心が目覚めると、さまざまな体験をします。そして第六感をフル活用し始めます。

感動の涙

わたしが真理の話をした時に、涙を流されることや、号泣されることがよくあります。そんな時はいつも、「自然に涙が出て、なぜ泣いているのかわからないのです」と言われます。それは、魂に何らかの気づきがあったためです。こうして魂も心もすっと軽くなっていきます。

また、日頃からガス抜きのように、たまったストレスを解消することも大切です。小さな気づきは日常の中にもたくさんあります。テレビドラマや映画を観たり、スポーツを観て涙することで浄化されることもあります。

「泣いて！」「笑って！」「感動して！」「子供のように！」と天使たちが言います。

感情をしっかり感じ、表現することで、心はいつまでも若々しく保たれます。

ワンネスみんなで一つ

直観、シンクロニシティ（偶然の一致）、天使、守護霊、パワースポット（聖地）、宇宙人、輪廻転生、過去生など、目に見えないものを感じ語ることが多くなりました。

これまで語ってはいけないと思われていたことまで、それぞれの体験談などから語られることが増えました。それらを自由に語ることで、さらに面白い体験談が出てきて興味を持つ人が増えます。**真実を知ることで、見えないものに対する恐怖心などはなくなっていくでしょう。**

わたしたちの意識は生まれてくる時に、大きな塊から分離というかたちで「ひとり」として降りてきました。そして、あちらに戻ったらまた仲間たちと「統合」していきます。

世界中で起きている災害や事件は、わたしたちの生活に直結するものも多くあります。

心の面でも、周りの幸せがなければ自分や世界全体の幸せはありません。

結局は、**一人ひとりが、愛の基準である真理に気づき、日常の生活の中で実践していくことで、本来の自分を生きることにもなります。**おおぜいの中の一人だけがすべてを悟り大きな光で全体を照らすのではなく、**みんなが今の環境の中で光になり、おかれた場所を**

照らしながら生きることがこれからの未来を生むことにつながります。

わたしたちの心は、望んだものを引き寄せることができます。

本当に必要なものをわたしたちの心が選択すれば、それはやって来るでしょう。

一人ひとりが人生の明日を引き寄せているように、世界や地球の未来も引き寄せること

でしょう。

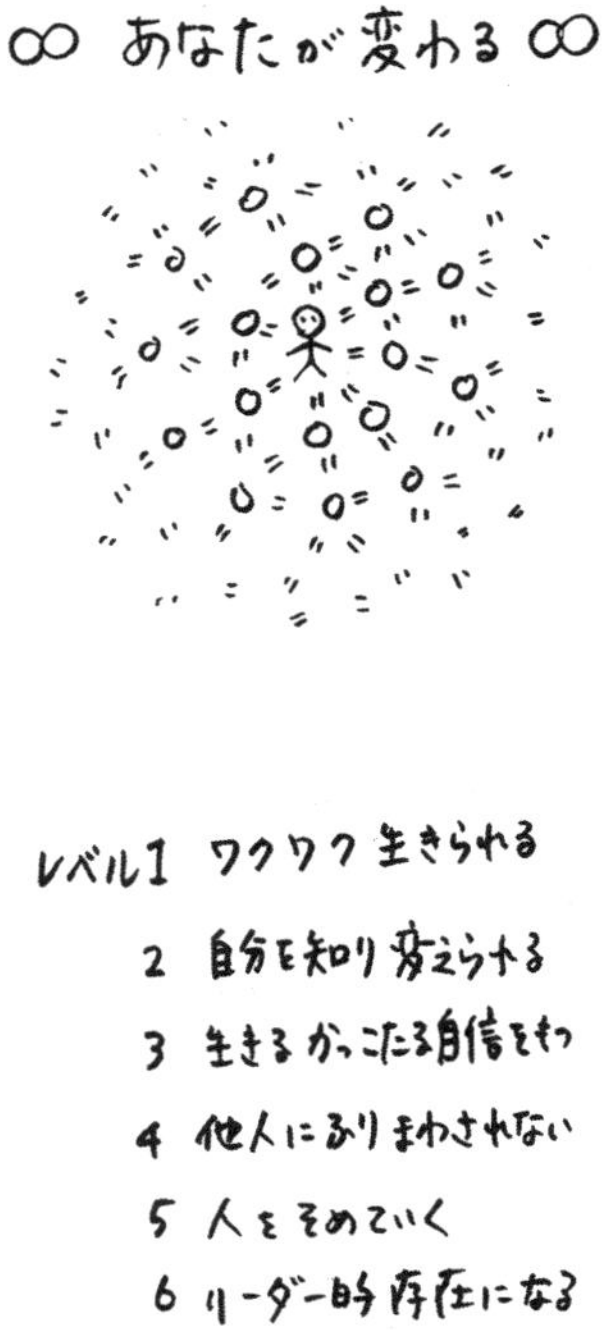
∞ あなたが変わる ∞
レベル1 ワクワク生きられる
2 自分を知り変えられる
3 生きるかっこたる自信をもつ
4 他人にふりまわされない
5 人をそめていく
6 リーダー的存在になる

わたしたちは皆、意識の上でつながり、仲のよい者同士は自然と意思疎通ができていることがあります。家族や仲間でも、同じような思いを共有していることがあります。グループや団体でも、協力して一つのことに向かっていく意識が強い時には、お互いはしっかりとつながり、また、一つの民族が持つ集団としての意識や、国民的意識などによっても絆は強まります。わたしたちは、どこに意識を向け焦点を合わせるかによって、つながる相手を自然に選んでいます。

事柄についても同じことが言えます。興味があることを強く思うことで、そのことに関する情報を自然と引き寄せるのです。

そうやって、意識の向く方向にあなたの人生は向かい続けます。

目を閉じていても大切な人を感じることができるように、神々はすでにわたしたちの心の中にあります。わたしたちの一人ひとりが神の分霊であり神ですから、聖なるものを想っただけですでにつながっています。想っただけでそこに焦点をあて、フォーカスしたことになるからです。

悪霊などいない

実は、悪霊などはいません。いたずら好きの霊は、自分のことを怖がったり、面白がったり、何かしら相手にしてくれる人のところに出てくることがあります。

自分が死んだことを知らない霊は、友達になってくれそうな人のところに行ったり、時には相手にしてくれる人をわざわざ見つけて現れることもあります。

わたしは、子供の頃から怖がりでおばけ屋敷や夜が大嫌いでした。何度か金縛りにあったことがあります。でも、ある時、来てほしくない霊から回避する方法を知り、金縛りにあった時に試してみました。

いつもはただ怖がっていましたが、「わたしは、あなたとは住む世界が違います。あなたと話したり遊んだりする気持ちはありません。お帰りください」そう心でつぶやくと霊はいなくなりました。

子供だったわたしには、精一杯勇気を振り絞って送った思いでしたが、無事成功しました。霊は、こちらが怖がれば、そのことで自分を相手にしてくれたと思い、居座り、またやって来ることがあります。逃げずに落ち着いて真実を伝えることが大切だと知りました。

ある時、除霊をしてほしいと頼まれました。二十代の女性Kさんです。夜、車でコンビニに行くと、駐車場で車の周りを回る誰かの気配がすると言うのです。友達と一緒なのに、その気配は何度も続き、時には家にいても気を失うことがある、そのことと関係してか、頭痛が頻繁に起きると言います。

二度目の電話は、Kさんが部屋で気を失いかけていたところ、一緒にいた友達からの連絡でした。さっそく遠隔で霊に話しかけてみました。

「あなたは、すでにこの世を去った人です。あなたは霊という存在になり、今この世とあの世の間をさまよっています。肉体を持たずにこの世でさまようことは、地上の人たちを怖がらせ迷惑をかけていることになります。

あなたにはもう肉体はありません。霊界にはあなたを待っている家族や、仲間たちがいるはずです。こんなところにいては霊性を落とすことにもなります。どうぞあなたの家族や仲間たちの待つ霊界へお帰りください」そう言って祈りました。

少しすると、Kさんは気を取り戻しました。

二か月して連絡があり、それから一度も霊はやってこないことと、頭痛が治まったことを伝えてくれました。

よくないことを考えていると、それと同じような波動を持った低級霊が近づいてきます。

それらを寄せ付けないためには、あなた自身の波動を上げることです。

人のためになることを考えることや、何事にも愛情をもって接することがあなたの波動を上げます。習慣的にそうしている人は、すでに高い波動を持っていると言えます。

類は類を呼び、自分と同等の考えを持った霊しかあなたに近づくことがありません。よくないことや犯罪に興味を示すことは、あなたの波動を落とします。その逆に、**人を喜ばせることや、愛情を持った考え方をしていると、高級霊や天使としか引き合うことができません。**

笑顔のあるところには笑顔の人が、愛のあるところには愛のある人が集まる

わたしたちは、人であり霊です。

悪霊がいないように、根っからの悪人もいません。生まれた時は皆、霊界での学びを終えて、今世では自分の使命を果たそうと新たな気持ちで生まれて来ます。それが、何らかの理由で間違った方向に進んでしまっただけです。

それは、**本人だけの責任ではなく、無意識のうちにわたしたち全体の意識が加担しています。**わたしたちの意識は、エネルギーとなって焦点の当たったところに向かいますが、たとえばニュースを見て、近頃は物騒になってきたとか、犯罪は後を絶たないという感情を持つと、そのことが現象化されてよくない人を生み出す手伝いもすることになってしまいます。

わたしたちの意識は、焦点をあてたところが大きくなっていくようにできていて、よいことにも悪いことにも、意識の向く方向にエネルギーが注がれます。「悪いことは後を絶たない」と思う代わりに、「わたしは今は興味のないことだから、楽しいことに焦点を合わせて周りの感情に振り回されずに自分らしく生きよう」と思えば、よくないことにエネルギーを注がなくてすみます。悪いことが、それ以上あなたの意識で大きく膨らむことはなくなり、次第にあなたの前からもそのようなことは遠ざかっていきます。**また、意識してよい想念を持つことで、あなた自身を愛のある次元とつないであなたを輝かし、あなたのいる環境さえも整えてくれます。**

あなたはいつでもあなたの望む波動で、本来のあなたを生きることができます。そして、笑顔のあるところには笑顔の人が集まり、愛のあるところには愛のある人が集まります。

おわりに

わたしは、これまでスピリチュアルヒーラーとして、どうすれば世界平和に貢献できるかを考えてきました。それにはまず、一人ひとりの心が平和であることが望まれます。

始めは、治療家として病気の人を治すことに一所懸命でした。なぜ治らない病気があるのか悩みました。

でも、その答はとてもシンプルでした。

「想い方」です。

わたしたちの想いがわたしたちを自由にしたり苦しめたりしていたのです。

この本は「どうすれば元気になれるの？」そんな疑問をもつ皆様の声からはじまりました。

一人でも多くの人が病気に対する柔軟な考え方をもち、「病気をつくらない考え方」が
世界中に拡がることが私の願いです。

地球の、そして宇宙のすべてに心から感謝をこめて

花咲てるみ

ありがとうございました！
コケッ

著者プロフィール

花咲《はなさき》てるみ

広島県で生まれ、その後札幌、京都、東京、ハワイに住まい、結婚を期に滋賀県に住居を持つ。

幼少期から少し違った視点を持っていた。

宇宙の導きによりヒーラーとなり、もっと想いを拡めるために執筆活動に入り、現在に至る。

各地でセミナーや「呼吸法」などのワークを行い、あらゆる世代に向けてメッセージを伝える。

青年地球誕生　～いま蘇る幣立神宮～

春木英映・春木伸哉

五色神祭とは、世界の人類を大きく五色に大別し、その代表の神々が“根源の神”の広間に集まって地球の安泰と人類の幸福・弥栄、世界の平和を祈る儀式です。 この祭典は、幣立神宮（日の宮）ではるか太古から行われている世界でも唯一の祭典です。

不思議なことに、世界的な霊能力者や、太古からの伝統的儀式を受け継いでいる民族のリーダーとなる人々には、この祭典は当然のこととして理解されているのです。

1995年８月23日の当祭典には遠くアメリカ、オーストラリア、スイス等世界全国から霊的感応によって集まり、五色神祭と心を共有する祈りを捧げました。

ジュディス・カーペンターさんは世界的なヒーラーとして活躍している人です。ジュディスさんは不思議な体験をしました。

「私が10歳のときでした。いろんなお面がたくさん出てくるビジョン（幻視体験）を見たことがありました。お面は赤・黒・黄・白・青と様々でした。そしてそのビジョンによると、そのお面は世界各地から、ある所に集まってセレモニーをするだろう、というものでした。……」

高天原・日の宮　幣立神宮の霊告　未来へのメッセージ／神代の神都・幣立神宮／天照大神と巻天神祭／幣立神宮と阿蘇の物語／幣立神宮は神々の大本　人類の根源を語る歴史の事実／五色祭・大和民族の理想／他

本体1500円

なぜ祈《いの》りの力《ちから》で病気《びょうき》が消《き》えるのか?
いま明《あ》かされる想《おも》いのかがく

花咲《はなさき》てるみ

明窓出版

平成二九年五月一日初刷発行

発行者 ── 麻生 真澄
発行所 ── 明窓出版株式会社
〒一六四─〇〇一二
東京都中野区本町六─二七─一三
電話 (〇三)三三八〇─八三〇三
FAX (〇三)三三八〇─六四二四
振替 〇〇一六〇─一─一九二七六六
印刷所 ── 中央精版印刷株式会社

落丁・乱丁はお取り替えいたします。
定価はカバーに表示してあります。

2017 © Terumi Hanasaki Printed in Japan

ISBN978-4-89634-372-4

鍼仙雲龍《しんせんうんりゅう》

松本光保

「凄すぎる」今までに見たこともない鍼の打ち方であった。
「死は決してそれでゲームオーバーではない。
無でもない。死は新しいいのちの始まりなんだ」
比類なきリアリティと余韻。
読むと止まらない、読めば忘れられない。
のめり込まされるスピリチュアル・エンターテイメント、
天才鍼灸師を描く本格長編小説。

うだつの上がらない、ダメダメな自分に嫌悪感をもっていた鍼灸師の松山は、ある日、てんかんを起こした男がうずくまる場面に遭遇する。そこへ風のようにやってきた男は、「神技」と言える施術でその患者を回復させた。松山は男に頼み込んで弟子にしてもらうのだったが、その推拿《すいな》や鍼灸の腕のみならず、精神性の高さにも魅了されていく……。エンターテイメントの小説としてもかなりレベルの高いものですが、精神世界ジャンルとしての充実度も特筆ものです。

（アマゾンレビューより）★★★★★私は涙しました
本書には源龍という関取が出てきますが、その相撲取りとのやりとりや、ラストの師匠と弟子との心のやり取りに涙しました。友人にも貸したところ、みんな泣いたと言っていました。私は良い本だと思います。

本体1800円

宇宙心

鈴木美保子

本書は、のちに私がS先生とお呼びするようになる、この「平凡の中の非凡」な存在、無名の聖者、沖縄のSさんの物語です。Sさんが徹底して無名にとどまりながら、この一大転換期にいかにして地球を宇宙時代へとつないでいったのか、その壮絶なまでの奇跡の旅路を綴った真実の物語です。

《目次》

第一章　聖なるホピランド
第二章　無名の聖人
第三章　奇跡の旅路
第四章　神々の平和サミット
第五章　珠玉の教え
第六章　妖精の島へ
第七章　北米大陸最後の旅
第八章　新創世記

「花のような心のやさしい子どもたちになってほしい」と小・中学校に絵本と花の種を配り続け、やがて世界を巡る祈りの旅へ……。20年におよぶ歳月を無私の心で歩み続けているのはなぜなのか。人生を賭けたその姿は「いちばん大切なものは何か」をわたしたちに語りかけているのです。

本体1200円

神々の癒やし

池田邦吉

ヒーリングとは「元の健康体に戻すこと」

神に対する感謝の気持ちが無限のエネルギーを呼びこむ！

稀代のヒーラーが描くヒーリングと神霊界の叙情詩。


「生きよう、生きて元の生活に戻りたい」

強烈な想いの力が人間を輝かせる——

《目次》

第一章 ヒーリングの新局面
第二章 生と死とを見つめて
第三章 読者からのヒーリング依頼
第四章 ヒーリングとは?

前著「神様といっしょ」に続き、ヒーリングにフォーカスがあてられた本著。

日本の神々との洒脱な会話から著者のあたたかなお人柄がうかがえます。

神々から享受する無限のエネルギーによるヒーリングについて具体的かつ子細に描かれ、本書からもそのエネルギーを充分に感じることができます。　本体1500円